Marinheira
no mundo

RUTH GUIMARÃES

Marinheira no mundo

CRÔNICAS

PRIMAVERA
EDITORIAL

Mar calmo nunca fez boa marinheira

Um velho conhecido de Ruth Guimarães certa vez escreveu que a crônica é, entre todos os gêneros, um dos mais brasileiros. Pela sua capacidade de aproximar a vida e o mundo ao "rés do chão", está sempre nos "ajudando a estabelecer ou restabelecer a dimensão das coisas e das pessoas"[1]. Enquanto os demais gêneros expandem seu alcance às águas enormes do mar, a crônica é aquela aguinha mansa que chega à praia e molha nossos pés, convidando-nos à conexão com outras amplitudes.

Ruth Guimarães foi uma exímia cronista, mestra da forma. Como uma velha marinheira, conhecia a matéria flutuante dos barcos, a fluidez das marés, as fases da lua, a direção dos ventos, as mudanças de estações e, sobretudo, o tom das histórias, quando contadas à beira do ouvido, isto é, sem a mediação de cenários excelsos, revoadas de adjetivos e períodos candentes, mas antes feitas do miúdo da vida, do pão nosso de cada dia, do sensível caseiro, do quintal em flor e sombra. A narradora dessas crônicas leva o barco que nos carrega (nós, leitoras/es) em pleno sopro da oralidade viva. Ouvimos, enquanto lemos. Escute só:

> *"Noite de lua", eu disse? Noite de lua muita, noite de muito luar. Alguém explicou que estava que era um dia. Sobre a escureza da noite*

---

[1] Antônio Candido. "A vida ao rés do chão". In: Para gostar de ler: Crônicas. Vol. 5. São Paulo: Ática, 2003. pp. 89-99.

uma toalha de prata se estendeu. O relógio da igreja tinha varado o coração do tempo com onze chicotadas de bronze, sem poder quebrar o encanto. Foi quando o rio dormiu. Não se ouviu mais nem uma bulha. A água era óleo grosso, parado. Cada pescador, deitado de bruços em cima das pedras, pegou a cutucar com a ponta do facão, embaixo do negrume, água, pedra água, o cascudo negro, a nação de peixe mais feia que há. Parece um sapo, parece um monstro. Peixe e pedra cercados de um halo de prata.

As crônicas aqui reunidas foram originalmente publicadas no jornal[2], suporte comum dos nossos grandes cronistas, como Machado de Assis, José de Alencar, João do Rio, Mário de Andrade, Manuel Bandeira, Carlos Drummond, Rubem Braga. Ruth Guimarães publicou crônicas no jornal por décadas. Junto a Lygia Fagundes Telles e Clarice Lispector, inscreveu seu nome na história desse gênero que, no Brasil, é ainda profundamente masculino quanto à autoria. Entre as poucas autoras negras cronistas, mais uma vez ela foi pioneira. Sua escrita hoje se encontra com a de Cidinha da Silva, cronista contemporânea de refinado acento.

A simplicidade e a graça de cada texto enlevam a leitora e o leitor em um chão que é também poético, não só pelas imagens e ritmos que cria, mas pela própria capacidade de transformar em síntese algo que é largo demais para a nossa vista em um primeiro momento. Ruth vai recolhendo as coisas (o mundo) e colocando no seu barquinho. De repente, Platão. Depois, os quatro estados da alma. Então, a qualidade dos peixes do rio da sua terra; a extensão sonora do trem; a época da escola; a dureza da vida; a nossa permanência como luta. Os assuntos são diversos, alguns comentam sutilmente a realidade nacional, outros recortam cenas de um

---

2 A maior parte publicada na *Folha de S. Paulo* nos anos 1960. Segundo Joaquim Botelho, filho da autora, "Em 1948 já eram registradas crônicas de Ruth Guimarães nos jornais da cidade de Cachoeira Paulista". [N. E.]

álbum de família, outros recompõem estórias tão nossas que você pode tranquilamente reconhecer nelas seu primo ou sua tia-avó.

Marinheira no mundo chega para engrandecer a galeria da crônica brasileira em raro estilo. Fortalece lindamente também nosso acesso e conhecimento à produção literária diversificada e longeva de Ruth Guimarães, mais conhecida pela autoria de sua obra de estreia, o romance *Água funda*, de 1946.

Mar calmo nunca fez boa marinheira, diz o ditado popular. Mas, nessas idas e vindas, quem ganha somos nós, são vocês: leitores e leitoras. Que Ruth Guimarães os enleve em suas águas, ora tranquilas, ora rebuliças, mas sempre prenhes de horizonte e de um raro e digníssimo respeito à vida. Seja a vida das gentes, a vida dos bichos, a vida dos espaços e territórios, a vida das histórias – e da maravilhosa possibilidade de aprender dela mais um tiquinho.

Um dia eu serei marinheira no mundo. Quando, não sei. Como, não sei. Há barcos de muitos jeitos.

Que seja feliz o seu mergulho.

Fernanda Miranda
Salvador, 12 de setembro de 2023.

Sumário

Visitando as crônicas de Ruth Guimarães, **13**

I. VALE DO SOL

Janeiro no vale, **21**
Ode à minha terra, **23**
Rio, meu rio, **25**
Palmeiras, **27**
Catedral submersa, **29**
É julho, **31**
Do tempo que passa, **33**
O velho Paraíba, **35**
Turismo religioso, **37**
De brasilidade, **39**
João, o queijeiro, **42**
Cenas do bar do João Quadra, **44**
Balada da cachaça, **47**
Chuva, **50**
Clube de pobre, **53**
O engano, **55**
Nascimento, paixão e morte de Silvestre, **57**
Retratos, **59**

Praga de mãe, **61**
Culinária de antanho, **65**
Conto de Natal, **68**
As velas para São Luiz, **70**
Folclore – lição nº 1, **72**
Folclore daqui e dali, **73**
Notícias e comentários: o jongo, **75**
Congadas de Santa Isabel, **77**
Festas juninas no Brasil, **79**
Histórias das tribos, **82**
Lendas cachoeirenses, **85**
Yacy-taperê, diabo menor, **88**
Yacy-taperê, diabo menor – parte II, **91**
Conversinha sobre arte, **94**
Quaresmeiras em flor, **96**

II. CASTA LINGUAGEM

A nossa português, casta linguagem, **101**
A palavra, **104**
Nossas histórias, nossa gente, **107**
Um lugar onde se festejam as palavras, **110**
Fala brasileira, **112**
Comadre Marina, **114**
Mário de Andrade e a linguagem, **116**
Macacos do subtrópico, **118**

III. FOLHAS DE CEBOLA – ESCREVER O BRASIL

De folhas de cebola, **123**
Em tempos de paz?, **126**
Teatrocracia, **128**
As malas artes da política, **130**

Democracia, **132**

Barack Obama, **134**

Os sem-ofício, **136**

Da cidade assassinada, **139**

A missão da universidade, **142**

Cristo baiano, **144**

A civilização do burrico, **146**

Festa do Bonfim, **148**

O povo das mil e uma noites, **151**

Fadas de ontem e de hoje, **153**

Da literatura infantil, **155**

Da poesia, **158**

Trezentos anos sem Zumbi, **160**

Beau Geste, **163**

Retrato de Amadeu Amaral, **165**

Da autenticidade, **167**

Judas, o modernista arrependido, **169**

Pretérito quase perfeito, **174**

A revolução das romarias, **177**

As cidades perdidas, **179**

Cinzas, **182**

Como antigamente, **184**

Da solidariedade, **186**

A festa dos treze dias, **188**

De casamentos e piqueniques, **190**

Eva, a primeira mulher, **193**

Juventude, **196**

Da ressaca, **198**

Encontrar-se, **200**

Olhai os lírios do campo, **202**

Roubos e arroubos, **204**

Crime e castigo, **206**
Suburbana nº 4, **208**
Piolho, essa praga, **210**
Horário dos subúrbios, **213**
Eu vi o relógio da luz cair, **215**

IV. MARINHEIRA NO MUNDO
Poemas de Marta, **221**
Anoitecer, **224**
As quatro forças da alma, **226**
Marinheira no mundo, **229**
Regresso, **231**
Lembranças, **233**
Desmascarada, **235**
Poema da falsa primavera, **237**
Não é hora..., **239**
Banco da praça, **241**
Junho, **243**
Vingança, **245**
O tempo da manga, **247**
Januário, **250**

Visitando as crônicas de Ruth Guimarães

A palavra vem do latim *chronica*, emprestada do grego *khronika*. Significa "anais, uma coleção de fatos históricos apresentados cronologicamente". Na Idade Média, a palavra designava por excelência a forma de escrever a história, primeiro em latim, depois em vernáculo, em verso ou prosa. O grande período da crônica medieval se deu nos séculos XII e XIII, na época de Joinville e Froissart.

No século XV, Commynes dizia que estava fazendo o trabalho de um "memorialista", e não mais de um "cronista". No século XVII, a palavra ganhou um significado mais amplo: "um conjunto de notícias verdadeiras ou falsas que geralmente são divulgadas oralmente".

Foi apenas no século XIX que a palavra começou a ser aplicada a um artigo de jornal. Antes não se havia cogitado a possibilidade da existência de uma ligação entre a literatura e o jornalismo. Tampouco, portanto, o fato de que a crônica pudesse vir a ser ao mesmo tempo artigo de jornal e obra literária, realizando assim o desejo de Proust de que a literatura fosse colocada nos jornais e os artigos de jornal nos livros. A participação dos escritores nos jornais se generalizou a partir do início do século XIX.

Crônicas são de leitura fácil, rápida, não é necessário seguir a sequência escolhida, podemos pular as páginas, parar, continuar como mais nos convier. Olavo, um de meus irmãos, e eu escolhemos estas crônicas porque são divertidas, com um humor ácido, com o olhar da escritora, da jornalista, da observadora que conta. E como conta! São conversas escritas. Suas considerações sobre o casamento, na crônica "De casamentos e piqueniques", são um bom exemplo desse bom humor:

> *O casamento que passou de ritual a espetáculo, e isso não é de hoje, pode então ser desfeito. Muito bem!*
> *Compreendo que se pode estar preso a tudo, ao subemprego, à posição social, aos bancos, à opinião dos amigos, às nossas próprias convicções, menos ao próprio casamento. É assim mesmo. Assim se vive e assim se desvive. E assim se convive.*
> *Bela coisa, o casamento! Ali vão dois pombinhos, com o firme propósito de conseguir ir até o fim de um sonho e de vencer as agruras da vida, juntamente, de mãos dadas, com a pessoa escolhida, hoje mais escolhida do que nunca. Acreditam que estão certos: o homem da minha vida, a mulher da minha vida. São essas expressões que conduzem à vitória (mas soam ridículas, para quem está de fora).*
> *Alguns vão ao casamento como quem vai a um piquenique. Se não der certo... Pois é. E aí, no caso, descasar é uma vitória.*

A crônica jornalística é o lugar privilegiado de um bate-papo periódico. Lugar emblemático dos constrangimentos legislativos exercidos sobre a imprensa no século XIX, a crônica é também, pela sua plasticidade formal, um espaço (paradoxal) de liberdade. Será mesmo apenas uma tagarelice inconsistente? Ou são as memórias de um tempo, no qual os curiosos do futuro vão descobrir uma forma literária eminentemente criativa? A jornalista viu "o relógio da Luz cair". A escritora personifica o relógio, a estação, e vive seu luto poeticamente:

> *Agora, quando a gente passa, pisa de leve, como se ali estivesse um morto querido. Isso fazemos nós, os iconoclastas, que tanto e tão amargamente o odiamos em vida, e o amávamos entretanto, em definitivo, de um modo intenso, sem saber.*

Pensemos um pouco nas bases das políticas culturais. Livros incluem tanto a leitura pública desenvolvida pelas bibliotecas quanto as indústrias culturais que dizem respeito às livrarias e editoras e seus interesses econômicos e culturais. Os diferentes aspectos discutidos sublinham como a oferta pública de leitura responde a escolhas que dependem de contingências ideológicas, técnicas e humanas. A perspectiva histórica evidencia finos desdobramentos na multiplicidade de causalidades, mas também destaca certas ambivalências nas ações realizadas e seus objetivos. E Ruth fala com outra Ruth, a "Cardoso, singela lutadora à frente das reivindicações pela conquista do bem viver e dos novos valores".

A maioria destas crônicas ela escreveu para o jornal *Valeparaibano*, distribuído em São José dos Campos e região do Vale do Paraíba – não existe mais. Escrevia em uma de suas máquinas datilográficas (havia várias delas espalhadas pela casa), não se importava se errava, punha alguns xxx em cima das palavras, cortava com uma barra, riscava e escrevia uma palavra à mão. Depois mandava por fax para o jornal. Os revisores nem sempre entendiam onde era o quê – e saíam algumas gafes. Decidi entrar na roda, e a ciranda ficou assim: minha mãe, a dona Ruth, continuou escrevendo em sua máquina datilográfica e colocando xxxx e barras, riscando e escrevendo. Colocava num envelope e me mandava pelo correio – eu morava em São Paulo; e ela, em Cachoeira Paulista. Eu digitava e mandava para o jornal por e-mail. Às vezes, as crônicas chegavam sem título, às vezes sem pontuação, "Ah!, a gente tem filho pra que, né?" – dizia ela. Para ele se virar e ajudar a fazer as coisas funcionarem. Ela não queria saber de computador, de máquina elétrica, de telefone celular ou de telefone pura e simplesmente. No entanto, foram quase quinhentas crônicas em dez anos, escrevendo semanalmente. Adaptando as anedotas do avô, da sua cidadezinha, do seu quintal, com uma forma mais familiar e menos árida, tornou a arte, a ciência, a moral popular acessíveis a todos.

A própria anedota, que é apenas a parte pitoresca da história, serve para espalhar amplamente o conhecimento de fato útil. Mas primeiro distrai e entretém o leitor. E, na biografia, no conto, na lenda, em todos os assuntos de que tratou, destacou o ensinamento: às vezes civilizador, às vezes o ato heroico e louvável, outro tanto o cidadão famoso por suas virtudes e seus talentos, invenção engenhosa ou mérito oculto.

Em um de nossos vários encontros para discutir o livro *Água funda,* no Instituto Ruth Guimarães, um dos participantes estava muito incomodado sobre o uso que se faz dos textos nestes nossos idos de 2023. Disse que gostaria que pudéssemos ler os textos apenas como textos, para nos divertir, sem procurar nada além do que está escrito ali. Textos, esculturas, pinturas, obras de arte, quaisquer que sejam, são paratextos e podem ser lidos como quisermos.

Podemos ignorar o grito de Guernica e ficar só com o incômodo que nos causam suas linhas distorcidas. Ou ouvir Richard Wagner e não entrar na polêmica do antissemitismo, não pensar naqueles campos de concentração. São escolhas. Escolhas de vida, de participação ou não, de omissão ou de envolvimento, de ver ou apenas olhar sem querer enxergar, ler sem interpretar, mas analisando com leveza e aquele sabor de novidade, por ser um olhar exclusivo. Muitos artistas estão aí, vivinhos da silva, e podemos ainda perguntar-lhes: qual foi sua escolha?

Ruth Guimarães não está mais aqui, e muitas perguntas ficaram sem respostas, mas uma questão importantíssima sobre suas escolhas é respondida em todos os seus escritos, sem exceção: ela não se omite. Jamais. Ela não escreve somente porque precisa, mas porque nós precisamos de suas palavras. A água funda bole e depois não fica mais nada? Fica tudo no mesmo de novo? Não, não fica. Ficamos bem mexidos e incomodados. Com a morte do boi, com a loucura do Joca, com o golpe do vigarista, com o triste fim dessa personagem dura, egoísta, sem coração e que nem merecia esse triste fim! Com os tantos outros personagens, bem mais de quarenta – serão só personagens? Estão apenas passando? Serão histórias dentro da história? Nenhum deles nos deixa sermos somente leitores acompanhando acontecências, todos nos incomodam porque são você e eu. "Ah! Isso, tudo bem. Mas esse lado político que as pessoas querem nos fazer engolir." Não. Não precisamos engolir coisa alguma. Só fazer a nossa parte.

> *Para plantar é preciso arrotear a terra. Para construir é mister cavar fundos alicerces. Para viver é necessário lutar. O próprio Jesus disse:"Eu não vim trazer a paz; vim trazer a espada". De que paz falava? Evidentemente não da serenidade que é a paz interior, mas da contínua guerra que é a existência.*

A leitura oferece ações sociais, afeta diferentes campos e pode ter um aspecto político, na medida em que pode influenciar as gerações mais jovens, ou seja, o futuro do país e suas desigualdades. Para Ruth Guimarães, educadora além de escritora, leitura era um vetor de formação e de informação, portanto necessário fazer desse mister um valor universal para o sucesso e a integração social. Por isso seu moto era uma paráfrase de Brecht: "agarre o livro: é uma arma".

"Viver ou escrever, você tem que escolher!", disse Marcel Proust. Georges Simenon junta-se a ele: "Fim: romance terminado, volto à vida". A escrita, no nosso vocabulário, tem dois significados: desenhar um conjunto organizado de signos e escrever uma linguagem construída que se baseia nas representações conscientes e inconscientes do autor do texto. O leitor fará sua própria representação do que é traduzido pelo autor. Qualquer texto escrito se dirige a um leitor, tende para o outro, partilha com os outros. No início, a linguagem escrita era assunto do setor contábil. Foram razões econômicas que exigiram a invenção de traços duráveis. Falta romantismo, claro, e ainda assim… é deixar vestígios de algo que aconteceu e permitir trocas entre os homens – enfim, quais as histórias que foram possíveis graças a essas trocas? A evolução não foi só da grafia, mas também do estilo, desde os três mil anos antes da nossa era. A escrita está indissociavelmente ligada ao pensamento e à sua evolução: a tradução de um imaginário individual e social, o texto, publicado ou não, por mais banal que pareça, faz parte da história do seu autor – e ele cria a história tendo como pano de fundo a sociedade onde essa história acontece. Por isso, pode ser um ato particularmente angustiante, conflituoso, que envolva a identidade do escritor, que corra o risco de ser despedaçado a cada frase pela perda de marcos psíquicos espaço-temporais neste momento-lugar da escrita, ao mesmo tempo presente, passado e futuro, individual e coletivo. A escrita transforma.

Ruth Guimarães coloca em sua escrita o que é "singular" e o que é "plural", e aqui, neste livro, encontramos histórias que nos fazem pensar, rir, sorrir, nos indignar, lembrar. Foram semeadas. São autênticas, um retrato do que somos e do que não queremos ser, palavras de José de Sousa Martins, seu sucessor na cadeira 22 da Academia Paulista de Letras. Leitura que provoca ressonâncias. Vá com Ruth Guimarães ser marinheiro/a no mundo, viajando para onde ninguém o/a alcança. E, se não for de outro modo, se vá no barco do esquecimento.

Júnia Botelho
Cachoeira Paulista, 31 de agosto de 2023.

Vale do sol

I

Janeiro
no vale

Há uns trinta anos, quando eu morava em São Paulo, sempre voltava para minha chacrinha em Cachoeira Paulista, herança de meu bisavô Juca Botelho, guarda-chaves da Central do Brasil. Numa de minhas voltas, fiquei impressionada com a chuva que Deus dava, mas chuva mesmo, sem um momento de estiada, a água suja inundou a várzea, o barro transformou as ruas em amostra da era primordial, as comunicações para os lados da Bocaina foram interrompidas. Rodaram todas as pontes, exceto as construídas por Euclides da Cunha. O leite deixou de descer das fazendas da Serra. Pessoal dos Macacos, das invernadas para além do Cachoeirão, ficou mais uma vez isolado nos seus píncaros. E era chuva que Deus dava, pródigo Alá!

Naquele ano a água subiu até a laranjeira, e, onde havia perfumadas flores e abelhas doiradas rodopiavam as folhas amarelas. Em torno das raízes da que fora noiva do sol. Nadavam as desaforadas traíras.

No ano seguinte fui tarde para o Vale do Sol, meu Vale. Esperava que os belos dias estivessem vindo. E que me esperassem, apesar de brigados comigo, por um motivo que contarei depois, o pássaro, a manhã e a flor. Pois, amigos, era chuva que Deus dava, chuva e mais chuva, que entrou por fevereiro adentro, estragou o carnaval, molhou a presença e a paciência, impediu os passeios e ainda por cima não me deixou ir tomar o tal caldo de cana prometido em tempos que já lá vão pelo amigo Ditinho do Ciano (continua devendo).

Afinal a temporada não ficou estragada de uma vez, porque arrumaram linha e anzol, vara de bambu, banco, saco de estopa, chapéu de palha, e os homens da casa acharam jeito de pescar na porta da cozinha, enchendo cestas e mais cestas de traíra da miúda e corimbatá, vindo todo o santo dia incomodar a gente com umas enormes fieiras de lambari para fritar. Até que o esporte perdeu de uma vez a graça, depois de ter passado pelas variantes da pesca de peneira e de tarrafadas na água barrenta do campinho.

E fomos embora.

Entrementes aconteceu a tragédia de Caraguatatuba, e por muito tempo as águas do rio Paraíba continuaram subindo. Rio, meu rio, do Vale do Sol, tornado monstruoso e semeando a morte pelo caminho. Que devorou colheitas do dourado arroz, apendoado, fazendo-as apodrecerem na lama. O que empurrou com monstruosas mãos de água assassinas as choças dos piraquaras.

Trinta anos se passaram. Janeiro outra vez. O pássaro está perdido. A manhã está perdida. E está perdida a flor. Afinal, nada novo.

Lucrécio há mais de dois mil anos já afirmava que os deuses, se é que existiam (ressalva dele), não se interessavam de maneira nenhuma pelos assuntos humanos.

Ode à minha terra

Sou nascida em Cachoeira Paulista, estado de São Paulo, no Vale do Paraíba; mas sempre considerei São Paulo o meu lugar.

Minha terra de eterna primavera, de onde não partem as andorinhas, e onde os sanhaços fazem túneis nos mamões e nas goiabas. As abelhas zumbem, traçando riscos de ouro no ar trêmulo, e cheiram a mel quente de sol, bebida dos deuses, a fruta fermentando, perfume perturbador e violento, que embebeda e faz o pensamento derivar sem rumo, por desvios e curvas. Dá preguiça, gente. Uma preguiça coçada de bicho sem responsabilidade, que vive para agradar o corpo.

O chão é quente, escuro, dele sobe um bafo calorento. O Paraíba passa pelo meio da cidade, é uma prata no frio, óleo grosso na chuva.

Menino de beira-rio, por qualquer dinheirinho à toa, atravessa a nado aqueles cento e poucos metros, com alguma traiçoeira correnteza pelo meio, para lá e para cá.

Menina sonha não sei o quê, tem cheiro de fruta, tem pelo de fruta, vida agredindo por todos os lados. Namora no jardim, nas tardes e nas noites de domingo, fruta se arredondando depressa e sazonando. Casa-se com quem?

Porco de casa é que come a fruta mais doce. Está por perto quando bate o vento, e ela cai de madura, ainda recendendo a flor e o mel e ainda quente de sol. Minha terra tem feitiço. É muito brasileira, muito gostosa, muito aconchegante e muito quente. Na relva, dá gosto encostar as faces, que às vezes ardem como as dos febrentos. As manhãs são claras e tão azuis!, e as noites límpidas, longas, de uma tepidez acariciante. Minha terra é um perigo! As histórias que ouvi por lá e que vi acontecerem, e outras que vou sabendo e adivinhando devagar! Mas eu prefiro esta São Paulo áspera, de frio honesto e de um cinzento que não engana.

E aqui fico, nesta cidade sem complacências e sem preguiça. Sem pensamentos turvos e sem doçura. Sem rios onde dançam relâmpagos. Sem manga madura onde se enlambuzam pássaros e abelhas. Sem redes sob as árvores. Sem promessas. Sem lassidão. Sem calores. Sem morbidez. Só cansaço.

Porque eu amo São Paulo de um amor desesperado, masoquista. Amo de amor raivoso. Amo de amor corintiano. As chaminés se erguem, jogando fumaça para o céu. O asfalto amolece, repelente, malcheiroso. Também cheiram mal os corpos suados nos trens cheios. Que busco eu nas ruas atravancadas, no ar onde não há perfume nem transparência? E nos rostos ansiosos, de onde vão desertando aos poucos a animação e a esperança? Onde está a beleza? Ah!, e áspera terra! Esta minha São Paulo! Tenho mesmo que amá-la sem pretexto.

Rio, meu rio

Estas não são endechas a um rio defunto, mas o canto triunfal das manhãs de antigamente, quando do tempo em que ele era vivo. Séculos bíblicos em que havia peixes. No tempo em que a molecada tomava banho de rio, e ainda era possível enxergar no fundo d'água a areia cintilante e os lambaris de rabo vermelho.

Vamos datar melhor esta cantiga que ocorria quando meu rio e eu adolescíamos. Lá para meados de outubro, quando as chuvas mal começavam, o rio, tendo crescido e amarelado, principiava de se apinchar debaixo das moitas, aperparando loca de traíra. Então era tempo de cascudo, um peixe feio, meio à feição de monstro, em que havia duas qualidades. Uma que dava agarrada nas pedras, e outra um tal de sobe-serra, nas umidades de beira--rio, e que se agitava nas locas lamacentas até parecendo habitante do seco.

Pois então a gente foi caçar cascudo. A ida foi um farrancho alegre, houve risos, piadas, falatório, pessoal contador de vantagem, abrindo os braços assim, para mostrar o tamanho do peixe pescado. E cantoria, apesar de que brasileiro não era muito de cantar. É agora, depois da televisão. Até dona Adelaide, que gosta mesmo de pescar é de caniço e anzol, foi. Até o Toninho do Ciano, pescador afamado dos dourados de dezessete quilos e mais foi. Havia, sim, dourado, diz que ova semeada no rio pelo Ademar de Barros. Até João Serafim, que uma vez andou correndo da polícia porque virou o peixame todo do rio, com uma carga braba de timbó, foi.

Esse João foi o tal que jogou a rede, certa noite muito suave e de muito luar. Era quase meia-noite. A rede pesou no arrasto.

"Será muito peixe?", João se indagou. Em seguida estremeceu. "Será algum coitado que se afogou?"

Era sereia. A coitadinha veio se batendo, os olhos verdes lumiando, a boca linda, aberta na aflição, o cabelo emaranhado, cabelo verde lustroso, cheio de ondas. Foi suspirando, suspirando e se acabou. Acabou de morrer, sumiu. Ficou uma esteira de espuma no rastro da canoa, por cima das águas. E na rede, nada, disse ele. Nem um buraco. E não se sabe como, disseram os companheiros, pois rede tem bem mais buraco do que linha.

"Noite de lua?", eu disse. Noite de lua muita, noite de muito luar. Alguém explicou que estava que era um dia. Sobre a escureza da noite, uma toalha de prata se estendeu. O relógio da igreja tinha varado o coração do tempo com onze chicotadas de bronze, sem poder quebrar o encanto.

Foi quando o rio dormiu. Não se ouviu mais nem uma bulha. A água era óleo grosso, parado. Cada pescador, deitado de bruços em cima das pedras, pegou a cutucar com a ponta do facão, embaixo do negrume, água, pedra água, o cascudo negro, a nação de peixe mais feia que há. Parece um sapo, parece um monstro. Peixe e pedra cercados de um halo de prata.

Com a outra mão, segurava um balaio, por baixo, para aparar o bicho.

O cascudo é feio por fora e bom por dentro, como muita gente. É só sapecar na brasa para arrancar a horrenda carapaça, e aparece a carne branca: diluente, malaxada....

Já não conto da fogueira, do cheiro do peixe bem-temperado, frigindo. Do rio que recomeçou sua cantiga. Ninguém não viu mutuca, nem muriçoca, nem pernilongo, o foguinho espantou o frio.

E era noite muita, de muito luar.

Palmeiras

Dentro em pouco, dessas palmeiras imperiais imensas, restará apenas a lembrança em gente que andou pelas ruas de antanho, nessas onde remanesceu por mais de um século o gosto hiperbólico dos nossos avós. Ou as veremos, possivelmente, em gravuras muito antigas. Ah! Porque elas estão se acabando, e ninguém mais as conhece. Não falo das palmeiras do Anhangabaú. Nós as olhamos de cima, ao cruzar o Viaduto do Chá, passamos por perto das largas palmas agitadas pelo vento. O fuste que deveria tanger as nuvens e deverá ser longínquo e inatingível está demasiadamente perto. Parecer-nos-iam altíssimas, e altivas, e são apenas miserandas palmas ao nível do nosso olhar. Felizmente para nós e para elas, não as vemos, apesar de passarmos por elas cotidianamente. Estão muito perto, falta-nos tempo, distância, perspectiva, tristes palmeiras de cidade grande.

Mas aí no Vale do Paraíba, onde camparam as grandes riquezas do século passado, e onde o senso estético urbanístico se resolvia em casarões coloniais, com janelas que dariam duas portas de agora, cada tijolo equivalia a uma dúzia dos nossos, ali, nas ruas principais, lançam-se para o alto as palmeiras. Imensas, retas, altas, e lá em cima dançando com o vento a copa farfalhante, como diziam os poetas românticos, no tempo em que as saias também farfalhavam. E todos os poetas se encantaram com o vegetal esgalgo e fino. Alberto de Oliveira escreveu: "Ser palmeira! existir num píncaro azulado", e a solidão das alturas; e não sei mais o quê. Não faz muito, o prefeito de Bananal deu o sinal de rebate, na guerra contra o elegante vegetal. Ah! Já eram tão velhas, e tão longas, e tão pesadas essas palmeiras, e vinham folhas tão enormes lá do alto, sobre as casas e a gente, que se tornava necessário cortá-las. Lorena também andou às voltas com as suas. Quarenta e cinco se tornaram ameaça à vida dos passantes e à tranquilidade dos moradores. Não demorará Taubaté a defrontar o problema. Não assim Roseira Velha, que volta liricamente à natureza, e cujas palmas avultam sobre árvores e trepadeiras. Na mata, a queda de gigante não causa outro mal que o susto e a correria dos bichinhos e a dos pássaros num repentino ruflar de asas.

    Se me permitem uma exclamação saudosista: Lorena nunca mais será a mesma sem as palmeiras. Nem Taubaté. Nem Bananal. Mas, afinal, não importa. Não são as palmeiras que importam. Que sejam derrubadas, e muito barulho farão, vindo abaixo de uma altura de trinta metros ou mais, folhas imensas, caule imenso, e o eco repetindo pelo ar o som assustador. Nossos maiores plantaram palmeiras. Era o vegetal que lhes convinha, que achavam bonito, que amavam. E nós? Que plantaremos em lugar delas?

Catedral submersa

De dia não se vê. As águas tremem tanto, arrepiadas pelo vento, e o sol é tão fino e coruscante!

Os olhos estão demasiadamente cheios de claridade e das cores, de sol e de cintilações. É muita a luz. Não dá para ver. Depois, há muito que contemplar, longe e perto. Como tinta derramada, pelo pasto, estende-se o verde abundante do capim-gordura, capim-membeca, capim-melado, onde engordam e se arredondam, com o pelo lustroso, as vacas do Joaquim Pedro. Temos que olhar para os ingazeiros, que se curvam gentis, cumprimentando. E temos de olhar para os chorões, que num lento gesto de mágoa lamentam não sei que desditas da negra sorte[1].

Pela manhã passa o bando de pássaros azuis das escolas. Andorinhas do mar, em azul e branco, muito gárrulas e muito chilreantes. As marrequinhas do banhado erguem voo aos bandos, ruflando as asas, desaforadas: Qual! Qual! Não dá para reparar no espelho da água tranquila.

Passam os leiteiros em carroças, sacolejando as latas. E os buracos de cangalhas escuras, e orelhas em pé. E boiadas em atropelo, animais esbarrando uns nos outros, sujos, cascos barrentos, orelhas pendentes. E o boiadeiro com a boca no berrante, arrancando tão sentida queixa! A poeira se ergue, redemoinha, o vento a leva. Quem vai reparar no espelho da água tranquila?

---

1 À época da produção desta crônica, era corrente na região abordada falar-se em negra sorte, como se pode observar em outras obras literárias. Não havia conotação de qualquer ofensa étnica ou racial, mas apenas o reconhecimento do destino cruel dos escravizados. [N. E.]

À tarde o passo é mais lento, o ar é mais sereno, as cintilações se apagaram num tom neutro, entre cinza e lilás, e as águas se alisam, múrmuras. Os lambaris feitos de prata e sol se esconderam no fundo. Tardinha bem tardezinha de mugidos longos nas pradarias, os passos na ponte têm um sentido de retorno e um jeito de fadiga. Igreja não é nenhuma, porém a matriz de Santo Antônio, muito lírica, toda clara e alongada, de pontas agudas, em estilo romano, está sobre a colina como uma grande garça prestes a desferir o voo. Começam a se delinear na água quieta os seus contornos. Ainda muito esfumados, muito apagados. Quando o martim-pescador roça na água (que reflete um sol de sangue) a ponta reta da asa, ela estremece um pouco. Assim como estremece quando o pescador, atrasado para o jantar, joga pela última vez a linha.

É à noitinha que percebemos, afinal, que há uma catedral submersa. Quando se acendem as luzes. Dentro da água negra, mais espessa não sei como, calada que impressiona, a igreja surge traçada em pontas de luz. Nem um brilho, nem uma asa, nem um murmúrio. Amarelo sobre o negro, a catedral no fundo d'água mais real e mais bela que a que vemos todo o dia, todos os dias, o ano inteiro, garça branca na colina. Ah! É mister que a noite venha, que venha a treva, para vermos. Submersa na noite da ausência a catedral quão bela se destaca, só, serena, com um brilho lustral de água ou de lágrimas.

(Nem uma cintilação, nem uma asa, nem um murmúrio...)

É julho

Quando esta crônica for lida, já estarei na chácara, em pleno Vale do Sol[2]. É julho das noites límpidas, de lua líquida, de céu profundo, de estrelas geladas. É julho, e a mangueira se enfolhou de novo, e se cobriu de flores. Contra o luar ela parece solene, grandona, misteriosa. Muito alta, toca as nuvens e as galáxias. Por ela roçam os anjos de asas imensas. De dia ela perde em espessura, despojada da escuridão, e ganha em juventude. Não mais joias dos astros, na cama de veludo e sombra.

Seu toucado é feito de flores e abelhas. Está enfolhada para a festa nupcial, coberta de verde novo e de pétalas antigas. O vento aí vem, suntuoso tapete de desenhos inimitáveis. As abelhas voam, zumbindo. Na florada da manga o mel é grosso, é forte, cheira bem.

Na chácara, o sol se levanta cedo. Às sete da manhã já está de fora, gloriosamente, acabando de esfiapar um resto de neblina. E se reclina sobre a mangueira feliz, reverdecida, tonta. Quem o anuncia é a corruíra, que fez um ninho complicado nos ramos do maricá, depois que brigou com a pitangueira.

É julho. Jamais esmaece o verde da grama. Jamais esmaece o verde-oliva das laranjeiras cheirosas. Jamais esfria o raio de sol. Jamais empalidece o azul-cobalto do céu. Jamais entristece a cançãozinha clara do Paraíba, murmurante entre as pedras, todo revestido de luz.

Bananeiras de tronco roliço e palmas longas soltam grandes cachos, que vão ganhando tamanho e amadurecendo, como se não fosse julho.

---

2 Ruth Guimarães se referia dessa forma à região do Vale do Paraíba, no estado de São Paulo. [N. E.]

Mas os limoeiros perfumados têm flores e frutos há um tempo, num desperdício. Mas os sanhaços furam os mamões de casca dourada e polpa doce, macia, escorrendo melado, que os pássaros desprezam, e as vespas aproveitam. Mas as velhas goiabeiras, que já estão meio caducas, não esperam a chuva: as goiabas amadurecem, entre os vivas do bem-te-vi e a zoeira dos marimbondos.

Há muito tempo eu não ouvia os sinos. Aqui eu ouço os sinos. Ninguém me acredita, mas é julho, é inverno, os morros vestem a florada roxa de capim-angola, as maitacas voam cedo para o mato – voltam num clamor às cinco da tarde. Asas de andorinha riscam (é julho) o céu. Elas daqui nunca se vão.

Do tempo que passa

Todos os dias, quando passo, vejo a velhinha tecendo balaio. Balaios e peneiras de pescar. Anda por volta dos cem anos. Está caduca e é surda como uma porta. A cabeça se esgotou do muito pensamentear. Os dedos, esses jamais se cansam e jamais desaprendem o seu ofício. Dedos de velha, cheios de nós, tecendo balaios. São impressionantes, assim, sem pensamentos que os ilumine.

Minha avó dizia que quem morre não faz falta, porque quem fica se arranja. Quem não morre também não faz falta. Fico arrepiada de ver os dedos cheios de nós de siá Ana de Jesus, tecendo balaios, tecendo balaios. Por que está siá Ana tecendo balaios? Para a economia do universo de que valem siá Ana e seus balaios? Por que ela ainda está tecendo balaios, se falta só um minuto para morrer?

Diz-se que certa mulher muito rica, um dia, atacada de estranha insânia, lembrou-se de se recusar a morrer.

– Senhor! – implorava de mãos postas, diante do altar do Santíssimo. – Que eu não morra, Senhor.

E assim começou a extraordinária história. "Pois sim" – deve ter monologado o Um Eterno e Único – "assim seja, uma vez que o desejas".

Naquela noite, durante o sono da velha senhora, desceu do céu, de asas espalmadas, um anjo do Senhor.

– Não morrerás – disse ele – enquanto durar a igreja de pedra que mandarás fazer em nome do Senhor. Está dito. Esta é a Ordem.

No outro dia, a castelã ordenou a construção de uma igreja de pedra.

"Essa que tem tanto dinheiro, que quer? Por que a igreja de pedra? Já está com os pés na cova. Dê o dinheiro aos asilos e aos orfanatos. Dê de comer a quem tem fome e agasalho a quem tem frio. Então, igreja de pedra?" E abanavam a cabeça, desolados.

A azáfama era grande. A mulher tinha pressa: "Essa igreja é a minha vida". Ao ver a última pedra colocada no cimo da última torre, ela sorriu. Há muito não sorria. Asas esvoaçavam no ar tranquilo.

Os anos se passaram, inúmeros, lentos ou céleres, ora rolando, ora se arrastando, ora em desfilada. Ela vivia e foi vivendo. Morreram-lhe os filhos, os netos, os bisnetos, os netos dos bisnetos, todos os que a amaram, todos que a conheceram. Ela ficou para trás. Nem um olhar dos que chegavam, nem um adeus dos que se despediam.

Ninguém falava mais com ela, no temor daquela longevidade espantosa. O vácuo se fez em torno dela. Nem um olhar dos que chegavam, nem um adeus dos que se despediam. Era o deserto, o infinito, o desespero, a solidão. Ela não se assemelhava a mais ninguém. Ela no mundo, sozinha, única, espantosa, medonha. (Deus se sentirá sozinho?)

Ela, então, se pôs a rezar, pedindo a Deus que a igreja caísse.

Siá Ana de Jesus tecendo balaio...

O velho Paraíba

Quando o Paraíba era vivo, foi estrada e celeiro. Seu leito tem grande extensão navegável, desde Cachoeira Paulista, onde começa o caminho de pedras para o Rio de Janeiro, até Jacareí. De Cachoeira Paulista, há muito e muito tempo, partia um barco para Lorena. Lembro-me até do dia: às quartas-feiras! Ia carregado de lenha e de orquídeas e voltava com mercadorias diversas, entre elas açúcar do engenho central. De Lorena para Jacareí também a via fluvial era percorrida regularmente. Ao todo, mais de duzentos quilômetros de uma via utilizada nos países desenvolvidos, porquanto não necessita de reparos nem corre o risco de barreiras, não tem buracos nem se estraga com as chuvas. Uma vez arrumada e posta em uso, é para sempre.

O barco foi substituído pelo caminhão e pelo ônibus. O alegre rio de águas claras, exceto na estação chuvosa, quando corria barrento, virou esgoto e despejo de fábricas, em toda a sua extensão. Bois, cavalos e cachorros mortos, aves, cereais estragados, mercadorias inaproveitáveis, dejetos, lixo, tudo foi despejado no velho rio. Substâncias poluentes acabaram com os peixes.

E assim, nem caminho, nem água boa, nem alimento.

Em Guaratinguetá se comia peixe do Paraíba pescado no lugarejo antes chamado Salto e Engenheiro Passos, e que foi inundado para retificar um trecho do rio. Verdade que o perigo das enchentes diminuiu. Mas, junto das cidades, e o peixe? Sabemos que ainda há a barragem dos Mottas, uma lagoa onde é bom de se pescar. Eu não sei, nunca fui lá. Mas peixe vivia em todas as águas, a gente não precisava procurar.

As cidades ribeirinhas, com água ali mesmo, tiveram que trazer água da serra, longe, encanamentos caros, serviço a um preço proibitivo. A última consequência de tudo isso que vimos está aí: a Sabesp, pois que os municípios não têm condições de buscar a água lá longe ou de tratar convenientemente a que está perto.

E ainda se bebia água do Paraíba. Em Aparecida, por exemplo, a água era colhida no porto do Itaguaçu. Hoje eu li no jornal (n'*O Vale*[3], talvez?) que 1 bilhão de litros de esgotos domésticos, quase sem tratamento, são despejados todos os dias (em um dia, um bilhão de litros) nos rios da bacia do Paraíba. E essas nossas cidades nem têm esgotos, que dirá tratamento de esgoto. Já há trinta anos havia uma perigosa vizinhança no porto de Itaguaçu, de bocas de esgoto, mas a água era ali.

A infraestrutura sanitária, de tremenda importância para a sobrevivência dos municípios, deixa a desejar nas cidades do Vale. Esperamos as tais estações de tratamento de lixo. Esperamos o fim da poluição do rio, que é a sua artéria. Esperamos saneamento em todas as suas formas.

E esperamos o milagre da multiplicação dos peixes, o alimento do pobre. Providências governamentais a respeito dos peixes tivemos, duas que eu saiba: a semeadura de ova de dourado, que a poluição consumiu, e de ova de tilápia, para a destruição do caramujo – hospedeiro dos vermes provocadores da esquistossomose.

Por enquanto, semeamos o peixe e semeamos a poluição, e ficam elas por elas, isto é, o saldo é zero.

---

3 Referência ao jornal *O Vale* (antigo jornal *Valeparaibano*), de São José dos Campos. [N. E.]

Turismo religioso

O cachoeirense não estava preparado para conquistar o seu lugar nas duas grandes empresas, digamos assim, que foram as nossas maiores esperanças de empreguismo e de desenvolvimento: a Canção Nova e o Inpe.

A primeira literalmente caiu do céu, pois que jungida aos negócios do Pai. A segunda cuida do tempo, mesmo que as más línguas digam que o tempo não existe. De acordo com a constituição delas, nenhuma está interessada no progresso desta cidade – do Brasil pequena obreira, como lá diz nosso hino.

Ultimamente se cogita emplacar a cidade no turismo religioso, pegando carona na Canção Nova. Por motivos óbvios, o Inpe não tem por onde entrar nessa conversa.

A Canção Nova é elemento intransitivo, que contém em si mesma toda a sua predicação. O que não é um mal, pelo contrário. Entrou na vida cachoeirense mais ou menos como Pilatos entrou no Credo. Podia estar nesta cidade ou em qualquer outro lugar do mundo. Até possui ramificações em outros meios. Não tem necessidade nenhuma de nos agradar, nem de trocar gentilezas conosco, eis que suas raízes não estão em Cachoeira.

Mas nós temos um material de raiz, que é a santificação popular da Santa Cabeça, antigo orago de fundo folclórico que apresenta uma enorme vitalidade. Podem coexistir Canção Nova e Santa Cabeça, para o fim em vista, ambas madrinhas nossas, na questão momentosa do turismo religioso. Uma não exclui a outra.

Santa Cabeça nasceu aqui, a meio caminho de Silveiras, a légua e meia, mais exatamente. A imagem foi deixada por tropeiros andarilhos desses matos e dessas estradinhas de chão. Foi entronizada numa casa de caipira, em altarzinho forrado com toalha de abrolhos. Dali passou para a capelinha feita de pau a pique em mutirão no arraial. Bem mais tarde foi construída de alvenaria a capela, com todo o necessário para missas, batizados e até casamentos. Não sei se, nessa altura, para a história sacralizada entram os Hummel da região. Ela continua o seu ritmo vital de crescimento; ela, a história, digo.

O milagre é o componente básico dessa igrejinha. Milagre é o seu mistério de sobrevivência. Para ali vão romeiros todos os fins de semana. A festança em meados de dezembro é uma loucura.

A mudança de data de festa, de agosto para dezembro, por motivo de queimadas, não interrompeu o fluxo das romarias para a Santa Cabeça. Parece até que o intensificou. Talvez porque a humanidade, e particularmente o Brasil, necessite medicar a cabeça, precisa de psiquiatras e de santos que façam o milagre de consertar as mentes enfermas.

Os romeiros, isto é, os santa-cabeceiros, são mesmo uns peregrinos decididos a sofrer o martírio pela fé. Na vilazinha de Santa Cabeça, enfrentam a falta de água, o poeirão quando faz sol e o barro quando chove, sujeira e sede, sol na cabeça, porque a sombra é escassa. Eles não têm onde se sentar, não têm o que comer, salvo o indefectível pão com linguiça dos barraqueiros. Sanitários? Não sei, não vi! E as árvores, meu Deus! Onde estão as árvores? Aquela sombra, aquele frescor, aquela matinada de passarinhos, onde estão?

De brasilidade

Cidade não havia. Nem vila, nem nada. Nem rancho de tropas. Um correr de casinholas e um despotismo de terra, tudo junto denominado Sapé, e, onde houve por bem o governo instalar um cartório, foi o máximo que se fez, entre fazendeirada de café e mandioca. E mais umas vaquinhas para darem conta do capim. Mais para baixo, nos campos da Bocaina, o arraial de Santo Antônio da Bocaina, com uma igreja do Bom Jesus na várzea, perto do rio Paraíba. No topo do morro, em meia laranja, a igrejinha de Santo Antônio e um rancho de tropa, onde faziam ponto, para dormir e comer, os tropeiros que vinham de Sorocaba e iam para as Minas Gerais. E havia mais? Sim, havia: a olaria do Zé Miguel, com umas casinhas em volta e mais dois casebres beirando o Paraíba. Nos fundos deles, umas canoinhas amarradas.

A cidade acaba de nascer. Surgiu do nada. Rompendo morros e caminhos, ao rolar das ferragens barulhentas do primeiro trem de ferro que vem do Rio de Janeiro, Estrada de Ferro Central do Brasil, chamada, trazendo no seu bojo esses homens de uniforme azul-marinho e bonés de galão dourado, e aqueles sapatos de cor marrom e branca. E o andar balanceado, santo Deus! E aqueles *rrrrr* rolados na garganta, e o chiado dos *sssss*, tão diferentes dos caipiras de Sorocaba!

Pois é isso! A minha cidade nasceu de ponta de linha, viveu muitos anos de trens apitando e subindo morro; acolheu as tripulações cariocas das máquinas monstruosas, ofegantes, vindo para cima da gente como se quisessem nos banir da face da Terra. Mas os gigantes benfazejos que nos levaram a subir, esquecer e vir com aquele apelido escachoante e suave de Cachoeira, tomado de empréstimo ao cachoeirão dos Campos da Bocaina.

Cachoeira teve seus homens ilustres. Um deles foi Valdomiro Silveira, nascido no Embauzinho, bairro velho de Cachoeira Paulista.

Admirado por Olavo Bilac e Euclides da Cunha, Valdomiro Silveira ajudou a fundar a Academia Paulista de Letras, nela ocupando a cadeira número vinte e nove, depois de ter se recusado a se candidatar à Academia Brasileira de Letras. Em 1905 casou-se com a paulistana Maria Isabel Quartim de Morais. Em 1933 foi eleito deputado federal pela chapa única "Por São Paulo Unido". Foi secretário da Educação e de Saúde Pública a convite do dr. Armando de Sales Oliveira. Depois, secretário da Justiça e da Segurança Pública. Suas sérias intervenções em plenário, suas orações em forma lapidar, sua bondade simples e acolhedora o elevaram à vice-presidência e à presidência da Assembleia Legislativa.

Publicou quatro livros: *Os caboclos*, *Nas serras e nas furnas*, *Mixuangos* e *Lereias*.

Rubens do Amaral comenta: "Os contos de Valdomiro Silveira são lavores pausados, sentidos e trabalhados com zelo e honestidade, com talento e amor, para que fiquem. E ficarão, como momentos de literatura paulista, plantados na rocha de Piratininga, sólidos na sua estrutura, luminosos na sua beleza e na sua espiritualidade".

Em artigo de 1941, o mesmo Rubens do Amaral afirma que "quando estiver formado o idioma nacional (partindo do português), Valdomiro Silveira será considerado um clássico na língua".

Valdomiro Silveira foi poeta?

Conta-se que, quando ele nasceu, um sabiá cantava delirantemente na galharia do pomar.

— *Que guapo!* — disse o avô espanhol. — *Nació un poeta!*

Entretanto ele não foi poeta, a não ser bissexto, rara e intermitentemente, enquanto adolescia.

Bernardo Elis vislumbra Valdomiro Silveira em Guimarães Rosa, como influência marcante nos contos "Quarenta anos", de *Mixuangos*, sugerindo "Sarapalha", ambos com o tema da decadência física, econômica e moral que irmana os seres humanos. "São Marlos", de Guimarães, lembrando "Sonharada", de Valdomiro. "O burrinho Pedrês" e "Conversa de bois" são bons na linha valdomiriana.

É o próprio Guimarães Rosa que confessa: "Não houvesse existido Valdomiro Silveira e não existiria Guimarães Rosa".

Diferentemente do autor de *Sagarana*, no entanto, e de Lobato, que têm uma visão sarcástica do caipira, jamais Valdomiro escarneceu dos nossos irmãos roceiros. Encara-os com serena dignidade e comovido. Sua foi a primeira tentativa de fazer uma obra de arte do linguajar caipira. A reedição de suas obras, o interesse por seus trabalhos, a colocação dos seus contos em antologia atestam a perenidade da sua arte.

João, o queijeiro

Sabe onde fica o bairro dos Macacos? Pois, a cavalo, fica umas três horas pra lá. É como João Emboava explica o caminho entre o sitiozinho no sertão de Cunha e a cidade de Cachoeira Paulista. Entre essas duas pontas geográficas está Silveiras, se resolvemos seguir pela Rodovia dos Tropeiros. Subindo pela Rodovia Paulo Virgínio, passamos pela entrada de Lagoinha – e, em consequência, de São Luiz do Paraitinga –, atravessamos o centro urbano de Cunha e seguimos em direção do sertão de Campos Novos. Viagem comprida, por este ou por aquele caminho.

O pobre do Emboava, que vem de uma grande família de fazendeiros, faz muito esforço pra viver. Custa-lhe manter a fabriquinha de um alimento meio difícil de vender. Mandar o leite para as cooperativas não compensa – são só seis vaquinhas. Os fazendeiros da região resolveram, ultimamente, alugar seus açudes para pescadores de domingo. O João não. Teima.

Faz assim, às quartas e aos sábados: pega o caminhão do leite até Guará, um ônibus circular até Cachoeira, onde deixou guardada a valente bicicleta. Traz um jacá, pra amarrar na garupa da magrela, com vinte queijos redondos, metade frescos, metade meia-cura. No sítio, meia dúzia de vacas. E, no sítio, a família que inclui uma filha com deficiência, que depende dos outros para tudo. A dureza da labuta, a duração da viagem, a preocupação com a moça, a gente adivinha tudo isso no sorriso triste do João Emboava.

Como técnica para convencimento do cliente, explica o processo da produção do queijo. Gosta de conversa, e fazer queijo é o que sabe, então está dado o mote do diálogo. Duas colheres de sal, uma de manhã, outra à tarde. O leite é fervido primeiro, que é mais seguro pra saúde. Quando é época de vacina contra a "fetosa", fica uma semana sem fazer queijo. Tira o leite, mas joga pros porcos, porque praticamente já sai talhado das tetas.

Isso me lembra quando três dos meus meninos pegaram febre aftosa, bebendo leite no curral. Um desconsolo, aqueles meninos babando e chorando, boca tinta de violeta genciana. Uma semana de ai, ai, ai.

João Emboava não tem consciência da sua sabença de fazer queijo. Certa vez, em Paris, ouvimos dentro de um estabelecimento uma fala brasileira. Que alvoroço! Parecia que tínhamos voltado no tempo ou encontrado inesperadamente um pedacinho do Brasil. Com que alegria tentamos contato com aquele falante da linguagem da nossa terra. Tratava-se de um casal de mineiros de meia-idade, e adivinha o que estavam fazendo em Paris? Artes, literatura? Não. Apenas comprando queijos. E isso nos comoveu profundamente.

Comove mais receber a visita do João Emboava, que não faz ideia de que o seu ofício é francês, da velha milenar Europa. Aí está: dos Pireneus para a Serra da Mantiqueira, o queijo que ajuda a cuidar da criatura que depende dos outros para tudo.

Cenas do bar do João Quadra

O bar do João é o quartel-general não dos bêbados — pois está bem claro o letreiro na parede: "É proibido entrar bêbado neste bar. Sair, pode" —, mas dos pleibois de subúrbio que se reúnem para uma prosinha nas horas vagas, que são todas. Também se reúnem ali os pescadores. Sem dúvida Nomói, chamado também João Japonês, tinha um intuito secreto quando passou por lá com um pintassilgo para vender.

— Está para vender — foi dizendo.

— Por quanto?

— Quatrocentos reais.

As numerosas exclamações de espanto e os comentários nada lisonjeiros, nem para o pássaro, nem para o dono, foram a deixa esperada pelo nissei.

— Acontece que o passarinho não foi caçado, foi pescado.

Contou que estava à beira do Tietê, num lugar que dava muito peixe. A isca no anzol nem bem afundava, já se fazia necessário puxar a vara, e era, de segundo em segundo, mais um peixe.

João Quadra indagou desdenhosamente:

— Você não precisou cuspir no anzol pra esfriar?

Mas João Japonês já continuava entusiasmado a narração.

Ao jogar a vara, não ouviu o ruído característico. "Baluinho", dizia ele. Olhou para todos os lados, abaixo e acima, à frente e atrás. Quem sabe estava enroscada a linha?

— Aí veio outro peixe! — outros anteciparam, sem querer, levados pelo relato.

Não era. Um pintassilgo, que ia voando sobre a cabeça do pescador bem na hora de lançar a linha, engolira a minhoca no ar, com anzol e tudo.

Ninguém riu. Alguém rosnou:

— Esse japorongo está brincando.

João Quadra deu um cutucão no compadre.

— De segundo em segundo você tirava um peixe, hein, Nomói? Assim, hein? Hein, compadre? Conte pra ele!

Olhou para o cigarro, atentamente, colocou-o entre os dentes, e ele mesmo contou que tinham ido pescar num rio...

— ... meio longe daqui, sabe? E havia tanto peixe, mas tanto, que água não se via. Só as costas dos bichinhos, parecia que o líquido estava coalhando. Lindo! Dava pra pegar com a mão. Então? Ah!, nem tinha graça. Um afastava aquela imensidade de peixes, com as duas mãos, abria um espaço, pequetitinho assim, coisinha de nada, o outro – que já tinha a isca pronta – colocava naquele meinho, depressa, o anzol. Pra poder pescar.

E diante do olhar incrédulo da turma:

— Né mesmo, compadre?

E o compadre Perico, na sua voz grossa, descansado:

— Se é!

Antes que voltassem do espanto de tamanha mentira, puxou um pigarrinho, segurou o cigarro de palha, olhou bem pra ele, antes de o segurar nos dentes, sinal infalível de mais conversa, e contou outra:

— Nós estivemos num rio, também meio longinho daqui, onde havia tanto peixe que, percebia-se, não chegava o alimento pra todos dentro d'água. Ou é que peixe é uma nação de bicho esganado mesmo.

Parou um pouco, resolvendo o assunto, e:

— Pra poder iscar, era preciso virar de costas para o rio, senão o peixe pulava e vinha comer a minhoca na mão da gente. Né mesmo, compadre?

Compadre Perico, que estava conversando no outro canto, sem prestar atenção à história, parou um pouco, virou-se a meio no banquinho e não perdeu a deixa:

— Se é!...

E como João Quadra olhasse outra vez para o cigarro, concentrando-se, Nomói pegou a gaiola do pintassilgo e foi mentir noutro lugar, porque, com aqueles dois lá, não dava pra ir.

Balada da cachaça

Era subir e descer morro nesse ondulado chão mineiro, em direção da fazenda do Coronel Zé-Juquinha, dono da pinga mais afamada das redondezas. "Vamo lá João Bento!" "Eu não bebo", João Bento respondeu. "Pelo passeio. Vem com a gente!" E foi assim que às seis horas de um domingo muito claro eles se encontraram na vereda batida, andando ligeiro, no passo gingado do caipira.

Eram quatro, e tencionavam três deles dar um bom rombo nos alambiques. Falavam pouco, em frases entrecortadas – eles já sabiam o que queriam dizer e se entendiam. Assunto era um só: cachaça. João Bento, que não bebia, ia quieto, escutando fala da passarinhada no galho, em matinada estridente. Homem lá é legal. Deixa beber à vontade. "Cê chega lá e bebe. Mas bebe! Sem mistura. Borbulha limpa que é um cristal. Cheira longe, chamando água na boca." E todos tinham um jeito a mo'que com saudade. Foram entrando porteira adentro, com sol nado.

Não houve alvoroço nenhum à chegada dos visitantes. A empregada da fazenda mal levantou os olhos. Alguém chegou à janela desinteressadamente. Guinaram para o lado do engenho puxado à água. No riozinho transparente, a grande roda negra mergulhava espadanando o líquido para todos os lados, num alegre escachoo, água toda entretecida em prata e sol. Cana picada aos roletes, limpa de folhas, raspada da olhadura, e no ar um cheiro quente, um pouco ácido, tão pungente! Mas adocicado também. Abelhas zumbindo esvoaçantes aqui e ali. Nos tanques imensos, esverdeados de limo, na sombra muito fresca, a aguardente nova.

Três deles levantaram a cabeça de súbito, como cavalo passarinhando, e fungaram. João Bento farejou um pouco o ar. As narinas fremiram, e seus olhos se encheram d'água. "Bonito, aqui", disse ele. E lambeu os lábios. E quando vieram as canecas de folha, feitas de caneca de azeitonas, bebeu também, com um ar excitado, parecia que já estava ficando bêbado antes, com o cheiro. Crescia-lhe no peito uma emoção nova, e engolia a largos haustos, ávido, aturdido, sufocando. "Cuidado João! Ce não tá custumado. Pinga nova não arde, mas tonteia." João Bento meio que sorriu. Andava num outro mundo. E diante do ar meio estúpido dos companheiros, estendeu de novo a caneca. Mas, claro, não deu para continuar por muito tempo. Com pouco mais estava estendido no chão, e as abelhas vinham-lhe pousar no rosto enquanto ele ressonava forte, anestesiado. Brilhavam-lhe os lábios como uma flor mergulhada n'água. Cambeteando a gente vai, mas desse jeito... E foi aí que arranjaram um burro emprestado, digo, uma besta ruana, para ser exata, de malhas pretas, redondas. João Bento foi de atravessado no animal, pesando para baixo, a cabeça pendurada de um lado, os pés sujos do outro, largado feito um defunto.

No outro dia, madrugadinha, era segunda-feira, João Bento mesmo voltou à fazenda para devolver a montaria.

Começou assim a história lamentável do maior bebum da cidade.

É preciso ter muita força pessoal e social para recusar bebida.

"Não, muito obrigado, não bebo" não basta. A amizade do copo é poderosa. Um bebum não deixa o outro na mão, jamais. Pode não emprestar dinheiro para o leitinho das crianças, mas o dinheirinho do gole é sagrado.

Para consolidar o hábito e o vício, dinheiro de pinga, o que chamamos de dinheiro de pinga, é uma isca, um pingo.

O dono do boteco não deixa nada fiado, mas a continha do bebum não é cortada. É uma conspiração universal. O governo facilita. As leis são benévolas. Seus agentes fecham os olhos. A sociedade fecha os olhos, benevolente; e a gente sabe de criaturas altamente colocadas, com poder de tratamento sério, que continuam cometendo disparates em público (e dentro de casa nem se fala) por causa de embriaguez. E quanto ao que acontece no trânsito, com a pinga dirigindo carros e até caminhões, nem é bom falar.

Pelos males que acarreta, o vício da embriaguez deveria ser odiado, perseguido, rechaçado, abominado, dominado, combatido por todos os meios. É o que acontece?

Já vi pais dando bebida aos filhos pequenos, a crianças, para não ficarem com bicha desconfiada[4]. E outros que contemplam esses começos de perdição, sem uma palavra de censura. Lei seca ou lei molhada, vamos caminhando para a perdição e para as tragédias, que as há terríveis. Estará a solução desse problema afeita à política, à educação, à moda, às atividades sociais, à beneficência. Pertence a cada um de nós.

Que a nossa reprovação venha do fundo da alma de cada um de nós, viva, funda, intransigente, e que não aceite o que nos torna inconsequentes, incapazes, cúmplices ao passar pela vida sem viver.

Que não aconteça mostrarmos a alguém o caminho do alambique. Que não aconteça facilitarmos a alguém conhecer o gosto da cachaça e o seu poder de fuga da vida, tão difícil. Quanta gente anda por aí à mercê da direção do vento!

---

4 Crença caipira de que criança que, quando não ganha uma guloseima que deseja, desenvolve lombriga (a isso se chama bicha desconfiada). [N. E.]

Chuva

De Rui Barbosa, o nosso mítico sábio, o tal cuja fama internacional se inaugurou em Haia, conta-se que ele sabia todas as línguas de cada um dos congressistas. Goza para todo o sempre da admiração dos brasileiros, proeza que não é tão fácil. Depois de viver anos e anos na admiração do povo, esse nosso povo de memória pouca, continua a ser o senhor doutor, a águia de Haia, e a receber outras mostras da mais profunda admiração.

Andava o sábio Rui Barbosa pelo sertão, com uma alimária carregada de instrumento, os que se usavam na época, e fazia e anotava observações. Carros não passavam por aquelas trilhas, quase não havia gente por lá, e ele conscienciosamente ia em pessoa fazer um trabalho. Depois de ter se assegurado de que tinha peneirado todas as notícias e observado os acontecimentos, resolveu partir para mais uma série de estudos. Arrumou a parafernália e, enquanto o fazia, o caipira que o hospedava indagou:

— Ainda que mal pergunte, a mo'que mecê está de saída...?.

— É verdade, amigo — secundou o sábio. — Já abusei bastante da sua hospitalidade. Emalei as minhas coisas, como vê, e daqui a meia hora digo-lhe adeus.

— Seu dotô me desculpe, mas se eu fosse o senhor não ia fazer viagem hoje.

— Por que não?

— É que está ameaçando um toró aí.

— Engano seu — disse o sábio. — Já consultei meus aparelhos, a previsão é para tempo bom, firme.

O caipira nada mais disse, ajudou a arrear a alimária, e lá se foi sertão afora, ou sertão adentro, o sábio Rui Barbosa. Pois não é que dali a umas três horas ei-lo de volta, molhado, os animais escorrendo água, os aparelhos famosos cobertos de lona, mal e mal protegidos.

— Panhô chuva? — perguntou o caboclo, perfunctoriamente.

— Como vê. Peguei um chuvão antes de subir a serra. Me diga uma coisa. Como foi que você não estudou, não tem acesso à tecnologia, como soube que ia chover? Sabia mais do que eu, que, além de ter estudado muito, estou mais bem aparelhado.

— Ah! Não sou eu não, seu dotô. É o meu burro, o Trovão. Quando ele se recolhe e entra embaixo daquele telheiro, é chuva na certa.

No sertão não são somente os animais os meteorologistas. Gente também funciona como arauto do mau tempo. Alguns adivinham, alguns dão palpites. São conhecidos e acatados uns tipos de profetas, que sabem exatamente quando vai chover ou fazer sol.

— Seu Janjão, dá pra plantar milho nesta somana?

— Capaz, meu filho. Chuva agora só dispois de aminhã a quinze dias.

E o mulherio, o que entende de chuva, na nova, na minguante, na cheia!

Todos sabem de cor os animais do tempo. Entendem de voo das abelhas, de quando os marimbondos se agitam e revoluteam de roda na casa, zumbindo. Sabem interpretar quando a mimosa dormideira se fecha trêmula, escondendo as flores cor-de-rosa. Quando a corruíra gargareja. E quando o sapo, foi não foi, avisa, avisa. E os carreiros de formiga, de mudança para o outro canto da horta. E as galinhas cacarejando alto, de asas abertas, anunciando sol. E há o voo dos insetos, uns trinados e gorjeios. E o sabiá-laranjeira, que faltou ao ensaio.

Esses avisos não são privativos da roça, nem dos sertanejos e dos caipiras. Quem não conhece aquele escriturário, funcionário de repartição que vai para o trabalho mancando:

— Que foi isso, seu Janjão?

— Ah! Os meus calos. Estão me matando. Vem chuva por aí.

Não são só os calos que dão referência de chuva próxima, mas também os cortes relativamente fundos, cicatrizes de operações, osso quebrado, torceduras.

Diziam os antigos que o Deus vivo, ao deixar a terra dissera: "Adeus, mundo, que a dois mil não chega!".

Mau costume esse dos deuses de quererem destruir o mundo, com os insetos que o povoam. Não é a primeira vez que o bom Deus se enfurece, nem a última em que os homens vão correndo apaziguá-los. Está no Livro dos Livros a história de uma dessas temidas catástrofes, exatamente porque a humanidade estava sendo mais ou menos o que é hoje. E havia guerras e torpezas, ganâncias, impiedade, injustiças. Então, disse Deus a Noé: "O fim de toda a carne é chegado perante a mim. Porque a terra está cheia de violência dos homens eu os destruirei, juntamente com a terra".

Parece que desta vez, neste momento, Deus não falou. Quem pôs a boca no trombone foram os ambientalistas. Ninguém cogita de construir uma arca para salvar os justos, se os houver. Selecionar um casal de cada ser vivente para repovoar a terra é tarefa difícil. Vá lá saber isso de selecionar casais, com a confusão reinante na área.

Quando viver era mais fácil, sem complicações nem aquecimento, nem buraco negro, o clima se comportava. Os homens nem tanto, mas influíam menos nas tarefas do bom Deus. As providências eram simples. Mudava-se de um lugar para outro, e, quando não chovia, fazia-se promessa para algum santo, e levava-se esse intermediário em procissão às terras cultivadas. E aí chovia. E quando chovia demais, como agora, jogava-se farelo de pão para Santa Clara, em cima das casas. Santa Clara morreu de fome, dizem.

E agora, que fazer?

O prefeito Zé Louquinho voltou aos processos do Velho Testamento. Via Câmara dos Vereadores de Aparecida, exprobou São Pedro de mandar tanta chuva e ordenou-lhe que parasse com isso.

Nós, os poviléu, podemos jogar fatias de pão no telhado para Santa Clara, que morreu de fome. Se não fizer bem, mal não faz.

Clube de pobre

Clube de pobre é boteco. Se quiserem fazer um recenseamento, verão que há mais botequins do que lojas e armazéns, mais do que igrejas, contando em global todas as religiões, mais do que farmácias, e com uma animada frequência até que muito mais disputada pelas esposas esquecidas em casa, pelos padres e pastores.

Bom mesmo é o boteco do João Quadra, e bom para beber é o velho Morgado. Está aposentado por um INSS qualquer, mas não se dá com a moleza. Arrumou um caminhão, anda puxando a areia. Um pouco antes do almoço, passa no bar do João Quadra e dá uma bicada: um liso de um quinto de litro. Não cospe, não joga pro santo, passa as costas do mãozão na boca, ele é um homenzarrão, e vai embora. Dá mais umas voltas, de tarde manda outro liso. Bêbado? Que esperança! Não falei que é grande? Tem capacidade.

Mas eu vou contar. Um dia desses, era um domingo, dia de bar estar assim de gente, entrou com o velho Morgado um homenzinho encolhido, moreno, meio a jeito de figo seco, e o grandão comandou:

— Dois lisos aí! Um pra mim, outro pro compadre...

Nós ficamos de quina, olhando. Aquele ia na primeira. Era curto, raso, tanque pequeno, enche logo.

Beberam. Velho Morgado mandou o seu numa batida. O companheiro enviesou a mirada do lado dele, mediu bem com os olhos o tamanho do copo e fez o mesmo. Via-se que não estava acostumado a ir assim, engasgou, sufocou, levou um tempo tossindo. Velho Morgado não riu. Ninguém riu. Deu um galeio no corpo, bateu os dois punhos fechados no balcão e:

— Vamos outro, compadre!

—Vamos! – disse o meio-quilo, intrépido.

O grande bebeu, o pequeno foi com mais cautela, mas assim mesmo tornou a tossir. E nós de quina, olhando.

Eles não saíram. Em pé, ali no balcão, um ao lado do outro, um grandalhão, peludo, vermelho, outro enfezadinho, de cabeça baixa.

— Outro, compadre?

— Dá pra ir!

"É agora!", nós pensamos. Beberam. Nessa hora, o pequeno se lembrou de que a filha estava esperando para o almoço.

— Eu vou, mas é embora. Ela não vai gostar que eu fique aqui e a macarronada lá em casa, esfriando.

O velho Morgado deu uma risada desdenhosa, e o pequeno, depois de ter falado todas aquelas coisas, não saiu. Trocaram mais umas palavras e vieram mais dois lisos, que ninguém bebeu. O pequeno estava aflito, enfiou os dedos por dentro do colarinho, sacudiu a cabeça, uma vermelhidão suspeita começou a se espalhar pelo pescoço dele e pelas orelhas.

— Agora eu vou mesmo – falou bem alto. E se arrancou.

Deu uns dez passos, duro como um pau. Foi direto até a porta e lá caiu de borco, se esparramando no chão. Aquele não levantava mais. E, enquanto a turma do vamos levar pra casa providenciava, meio afobada, que a coisa podia dar em confusão, ninguém mais se lembrou do velho.

Há muito jeito neste mundo para um bêbado cair. Uns vão de cara, outros caem de costas, alguns dão uma guinada aqui outra ali para depois aterrar, algum, de tanto cercar frango cai sentado. Algum rodopia primeiro. Velho Morgado, que ninguém nunca tinha visto bêbado, foi se abaixando, se abaixando, diminuindo, chegou o momento que, de pé que tinha estado, ficou seguro no balcão só pelo queixo.

E nós, de quina.

Mas a turma do socorro viu passar o Vardemá Feio com a charrete, e começou a gritar em altos brados:

—Venha logo, Vardemá, venha aqui, que seu pai desta vez apagou o pavio!

O engano

Era uma noite estranha: pingos de prata no céu, os coqueiros se descabelando numa paisagem de calendário. E, no silêncio, por demais vazio, um cheiro doce de angélicas machucadas. Uma primeira comunicação por telefone resultara num imbróglio. Alguém atendera: "A embaixada paulista? Sim, senhora! Podem vir". Mas, repentinamente, como quem se dá conta: "E quem é a senhora? O quê?! Uma das professoras? O quê?! Dirige a delegação?!! Então vieram senhoras também? E moças?! Catorze! Aaaah!". E em seguida, como se tivesse agarrado uma cobra: "Um instantezinho. Vou acordar o coronel!". O meu pessoal perplexo, em pé, perto das malas, na rodoviária deserta de Salvador, aguardando, duvidava: "Era lá mesmo? Que há com eles? Não tinham dito que sim?". A voz no telefone voltou daí a um século: "O coronel disse que podem vir para cá. Ele resolve". Resolve? Afinal, o que estava errado? No saguão do pavilhão B esperava o tenente coronel Genival de Freitas, com seu todo de diplomata. Recebemos um rádio em que se afirmava não haver dúvidas quanto ao alojamento... Era o que dizíamos em resposta aos "não esperávamos". Porém, explicações para lá e para cá, emergiram a história toda e o engraçado quiproquó. Tinham recebido o pedido do tenente Horácio Lopes, feito por intermédio do tenente Sá. Mas o pedido falava em professores e estudantes paulistas. Não passou pela cabeça de ninguém que fosse uma comissão mista. Jamais que tinham entrado como hóspedes. Isso eu entendi. Que incongruência as saias e o colorido, as falas agudas e rápidas, e as risadas, no quartel de macheza muita. Contra o negrume do portão das armas, a sentinela imóvel, reta com o seu fuzil. Entravam e saíam homens em uniforme pardo, falavam-nos em voz máscula, de maxilares firmes. Coturnos ressoavam pesados nas pedras do piso. Jamais aconteceu que uma delegação mista... E o tenente Sá intercalou um comentário com uma perplexidade sincera: "Sim, senhor, coronel! Por esta eu não esperava! Pois quando tinham recebido o ofício, a coisa seguira os trâmites rotineiros. Uma embaixada? Muito bem. Estamos às ordens. Avisem que concordamos". Nem se lembraram mais disso. Os rapazes chegariam, o oficial do dia mandaria trocar lençóis nas camas dos dormitórios dos alunos; regulamento: saídas, entradas, silêncio, horário das refeições, e no mais, estivessem à vontade, a casa é nossa. E o tenente-coronel, meio confundido, dizendo: "Não temos acomodações para moças, que pena!". E todas nós doidas por um banho. "...Mas" – estava ele dizendo (era inacreditável) – "...mas mando desocupar uma ala dos rapazes." Não contarei dos rostos radiantes, nem da festa dos corações. "E" – estava o coronel dizendo – "eu não deixaria em dificuldades uma embaixada de São Paulo, o grande Estado, de quem recebi uma hospitalidade magnífica nas várias vezes em que lá fui; São Paulo, o estado amigo..."Também não contarei daqueles moços que, enquanto conversávamos, e o coronel nos dizia tais alvissareiras coisas, desocupavam os dormitórios, escapulindo repticiamente de pijama, pelos corredores, com um travesseiro embaixo do braço e a escova de dentes na mão. "E" – estava dizendo o coronel – "por esta noite ficam nesta ala, amanhã...". Ora viva, coronel! Amanhã será outro dia...

Nascimento, paixão e morte de Silvestre

Silvestre nasceu numa noite de lua, a meio caminho entre a floresta e o mar. Foi na noite de trinta e um para o primeiro do ano.

— João — disse a mãe. — Olhe na folhinha, que nome ele trouxe.

— Silvestre — disse o marido.

Dependurou a rede de pescar, escancarou a porta. Por ela entrou o ar salino, forte, cheirando a maresia. O mar denso, verde-garrafa, se mostrou todo borrifado de prata quando a lua apareceu.

— Comadre fica com você, Rosa.

Quando amou Silvestre, o fez ao rude contato de asperezas inesquecíveis. Teve a amplidão, a terra nua. As areias. O embalo eterno da voz eterna do mar. E teve silêncio. Porque a voz do mar era tão obstinadamente constante, que acabou por não a ouvir mais.

Me contaram que a moça tinha um brilho molhado no olhar, com reflexos de lâmina, relampeando no escuro.

Silvestre impeliu a canoa. O céu, o mar, o próprio ar pesado, era tudo uma escuridão só. O mar roncou soturno, relâmpagos cortaram as trevas. Foi o inferno. O vento uivava como alma penada. A embarcação subia e descia sacudida pra lá e pra cá, numa bruteza raivosa. De repente o recife que tinha se distanciado, desviado para a direita, voltou, cresceu, subiu quase até o céu e correu ao encontro dos pescadores, como um demônio.

O som do sino encheu de um rumor de alarme a noite tranquila. Ana correu assustada, com um xale escorregando dos ombros, a areia rangia sob o seu passo. Subia-lhe ao encontro a gente do povoado. Ela parou, o povo também. O badalar dos sinos cessou. Cessou o vento. E a gente que estava ali eram só silhuetas sem alma, na escuridão.

— Foi o Silvestre! — ela gritou.

Ninguém falou. De repente Ana se sentiu ligada àquela gente; a sensação não era nova, mas familiar, como se longamente experimentada. Sentia-se ligada a eles por uma fraternidade instintiva, profunda, vinda de mais longe do que o conhecimento, uma fraternidade sem memória, cósmica, definitiva, irrevogável, revelada num segundo, fulgurante como um relâmpago. No entanto, um pouco antes parecia que nunca mais haveria outra coisa no mundo a não ser a angústia nas trevas e a caminhada através do silêncio, e o coração doía numa dor sem idade.

Não foi assim que Ana me contou todas essas coisas, mas em duas frases bem singelas:

— Meu consolo é que eles estavam comigo.

E:

— Não levou tempo nenhum para amanhecer.

Retratos

Viam-no passar todos os dias. Alto, grandalhão, membrudo, com um andar meio desarticulado, ao mesmo tempo pesado e macio, de ponta de pé apoiada completa no chão. Vinha à frente da turma de educação física, de manhãzinha, logo depois que o toque de alvorada punha notas álacres no dia nascente. Torsos nus, arrepiados de frio, queimados de sol. Quando a turma passava de volta, o instrutor zombava do cansaço deles, com um riso bem seu, apenas um franzir dos lábios finos:

— Ocêis de atletas só têm o cheiro...

O outro era o contrário. Baixo, magrinho, olhos miúdos, pisca-piscante. Olhava tão de fito o pobre do recruta, que o infeliz perdia completamente as estribeiras. Era severo, rigorista, impertinente. Preocupava-se com pormenores. Diziam que passava o lenço nos fuzis dos comandados, para ver se estavam bem limpos.

— Olha o alinhamento!

E a chamada começou. Quando havia um faltoso, quase toda a companhia respondia "ausente". E o instrutor impaciente berrava na sua voz esganiçada:

— Já tô cansado de avisá que quem tá ausente não precisa respondê!...

Um outro, quando dava instrução de equitação, o regimento era de cavalaria, talvez em Pirassununga, então era um descalabro.

Recruta que nunca tinha visto um cavalo de perto tinha de virar centauro. O instrutor exigia prodígios. Camarada que tirasse um ano sob as ordens dele podia dar baixa e ir direto para um circo. E não eram quedas de brincadeira. Cavalos em disparada, muito altos, nervosos, excitados pelos berros do sargento, iam pelo pátio aos pinotes, resfolegando, até que atiravam ao chão, aberto em gretas, ressecado, mais duro que concreto, o peão improvisado.

E o sargento gritava:

— Eu não mandei descer, moloide!

Não vamos falar de um baixinho, gordo, barbudo, retaco, desabrido na fala, ignaro e feliz por ser ignaro. Esse não fez nada, porque não sabe de nada.

Perdoai-lhe, Senhor, que ele não sabe o que faz.

Praga de mãe

É ditado corrente, entre os antigos, que praga de mãe tem muita força. Para ilustrar essa lenda valparaibana, recontada pela velha Nhá Ica, mulher meio nômade, sem eira nem beira, que, como os rapsodos, ora está aqui ora ali, levando a mensagem anciã dessas histórias populares:

Uma mulher tinha um filho e mandou-o apanhar limão. Como o menino se demorasse, irritou-se e gritou:

— Não sei por que o diabo não te leva de uma vez.

Então a pedra onde o garoto havia trepado para alcançar os limões abriu-se e ele sumiu. A pedra ainda pode ser vista nos arredores de Guaratinguetá, e guarda, como sinal do sucedido, a marca de um pé.

Leite de Vasconcelos cita a pegada de São Gonçalo, no Penedo da Moura, junto de Felgueira, referente à moura que desapareceu entrando na rocha.

Outra mulher (ainda história da Nhá Ica), como o filho a estivesse aborrecendo, mandou-o ao diabo. Nessa hora, veio um redemoinho e carregou o menino para o alto de uma figueira-do-diabo. Diz-se que não havia cristão que pudesse chegar ao pé da árvore. Era um vento que Deus dava. Foi preciso vir a madrinha da criança e chamá-la em nome do Padre, do Filho e do Espírito Santo, tendo estendida nos braços a toalha com que a tinha levado à pia batismal. O afilhado caiu-lhe no colo, o vento parou e toda a gente sentiu um cheiro forte de enxofre.

Uma velha semialfabetizada, em Cachoeira, estado de São Paulo, contou um caso semelhante, este acontecido em Baependi.

Era uma vez certa mulher chamada Aninha. Morava perto de uma cabiúna alta. Um dia estava varrendo a cozinha, e a filhinha de cinco anos com uma vassourinha de capim varria também, em sentido contrário, atrapalhando o serviço.

— Fique quieta, menina!

A menina não se incomodava. Irritada, a mulher falou:

— Não sei por que o diabo não carrega essa menina.

Na mesma hora, passou um redemoinho, e a menina sumiu. A mãe, assustada, correu ao quintal e ainda viu quando ela mergulhou nas folhas da cabiúna. Ficou lá em cima. A mulher foi depressa chamar o marido na roça. Veio gente e tentava trepar na árvore. Assim que ia trepar, dava um vento forte, e ninguém passava do meio do tronco. Então foram chamar o padre. O padre veio e mandou que fossem buscar a madrinha da criança e fê-la segurar a toalha com que a levou à pia do batismo, bem esticada nos braços. Depois jogou água benta na árvore e "reclamou o batismo". Aí uma coisa avisou lá de cima:

— Ela vai, mas vai marcada.

E jogou a menina. Ela caiu na toalha e quando foram ver, estava com um olho furado.

Tal qual a lenda corrente em Portugal, a respeito das sereias:

Certa moça gostava muito de nadar. A mãe ralhava e, desobedicida, gritou um dia:

— Permita Deus que te transformes em peixe!

No mesmo instante, a moça se converteu em peixe da cintura até os pés, e nunca mais saiu do mar.

No folclore espanhol é conhecida a mesma lenda.

A mãe diz:

— *Ay, hija mia, quiera Dios que te hagas pez!*[5] (Constantino Cabal. *Mitología ibérica*).

E foi uma vez, em certa noite de chuva e de vento, que Nica do Zé Tropeiro se aborreceu com o filho. Trabalhar, ele trabalhava, como

---

5 "Oh, minha filha, queira Deus que você vire um peixe!" [N. E.]

guarda-freio da Central do Brasil, viajando por cima de carros, carregando e descarregando trens nas estações; mas levava uma vida destrambelhada, ninguém em casa lhe via a cor do dinheiro, que esbanjava prodigamente pelas mulheres da Margarida Capenga, no chamado "alto da igreja", e, se a mãe viúva lhe chamava a atenção, eram os resmungos, os xingos brutais ou então o sumiço de mais de semana, homiziado nas casas das mulheres de má vida. Nessa noite, a discussão se azedara. Nica principiou se queixando, chorou, exaltou-se e por fim rogou praga. Que ele haveria de pagar pelo que estava fazendo. Que o atraso acompanha filho sem coração. Que...

— Cala a boca, mãe! A senhora não me bota praga, que eu trabalho num serviço perigoso — bradou o filho atemorizado.

— Pois se praga de mãe cai, eu quero ver. Prefiro juntar os seus pedaços na linha da estrada de ferro, melhor do que ver você nessa vida...

O filho saiu batendo a porta, e a escuridão se fechou atrás dele. Alta madrugada, veio um homem embaraçadíssimo trazer a notícia. "Pois é, dona. Deus quis assim. A senhora já soube, estou vendo. Pois é. Está no necrotério. Nem convém a senhora ir ver. Pois foi. Ficou picado, sim, senhora. É, dona. Tenha coragem. É, sim. Ajuntamos num saco de estopa. Deus pode mais. Sofrer não sofreu. Foi num repente."

O homem saiu da casa meio tonto e comentou com os companheiros:

— Pra mim, o sofrimento trespassou a coitada. Não chorou. Queria saber se o rapaz ficou picado, e falou assim pra mim: "Eu queria ver se praga de mãe caía". Depois caiu para trás. A mulherada está lá cuidando dela.

Outro moço, nem feio nem bonito, nem alto nem baixo, nem rico nem pobre, um moço igual aos outros, vá, sem nada de mais pintado, filho de família boa, se apaixonou por uma mocinha muito pobre, filha de uma tal de Carlotinha, que morava na subida do cemitério. Moça com quem a mãe dele logo se embirrou, e como não queria dizer que era por causa da pobreza da moça, vivia dizendo que ela não se portava bem.

— Não diga uma coisa dessas, mamãe, a Conceição é tão direita como a senhora.

— Pois eu prefiro ver você morto...
— Mas a senhora não quer a minha felicidade?
— Quero.
— Então...?
— Daqui de casa você sai para enterrar, mas não para se casar com ela.

Deu o moço de entisicar, de entristecer, de amarelar, até que, no dia marcado para o casamento, lá saiu o enterro dele, com a mãe dando gritos de todo o tamanho atrás, esquecida das pragas que tinha rogado.

Culinária de antanho

A vida da casa, a verdadeira, capaz que estivesse nas atividades escamoteadas. Atrás das portas, por assim dizer. Concentrada na cozinha, domínio das mulheres. Funcionando até para visitas informais.

Diaristas, novidadeiras (ia passando por aqui).

Indromistas (queria ver se a senhora já sabia).

Lamurientas (tem boldo pra me arranjar umas folhinhas? Passei mal à noite...).

O tipo bicão (vi uma goiaba madurinha, no pé. Se a senhora não se incomodar...).

Chamavam no portão:

— Entre! O cachorro não morde! Ah! É a Turíbia. Dê a volta! Entre pela porta da cozinha. Você é de casa! Café?

— Brigada! Dê cá um golinho.

As coisas principiavam, e às vezes terminavam, diante do fogão de lenha, ao alegre crepitar da madeira ressequida, à vermelha claridade do brasido.

O patrão não tomava parte. Ou estava de serviço dormindo. Quando voltava do serviço, enfurnava-se no quarto. Se vinha acender o cigarro de palha na brasa, silêncio grande o acolhia.

— Que há? Perderam a língua? Há pouco não estavam tão caladas.

Jogo de bicho era todo santo dia, na hora do primeiro café. Cada um com a caneca de folha na mão. Uma fatia de pão de milho, segunda, terça e quarta. Quinta-feira, broa. Sexta, bolinho de arroz. Sábado, bolão de fubá, assado na panela de ferro com testo de brasa. Domingo, rosca de nata, biscoito de polvilho, broinha de queijo. Pão de padaria, mesmo, só de vez em quando. Do bolão, a encarregada era Maria. Quitanda, broinha, bruvidade – é brevidade, mãe! –, rosca, biscoito, tudo mãe fazia, assando no forno, erguido com barro de cupim.

Era bom.

Muito melhor do meio pro fim do mês, longe do pagamento, quando o dinheiro andava escasso e carecia inventar o de-comer.

– Pessoal! Hoje é fubá torrado.

Torrado às bolotas, feitas à custa de orvalhar com leite e banha de porco derretida. A colher rodava na caçarola, no mexe-mexe de não grudar no fundo. Salgadinho, fogo, esbruguento, torresminho no meio. Ou então viradinho de sobras, feijão-farinha-de-pau-e-ovo-mexido, ei, galinhada boa! Não ficava um palmo de terreno sem revirar, na busca das ninhadas. A pedrês, a peva e as angolinhas só botavam no mato. Farofa de banana com toicinho frito, receita de Sinhá Bolão. Gente, eu tenho nome! Cêis não pensem que eu não sei do que andam me chamando. Não esquente a cabeça, comadre! Esses meninos são encapetados. Sinhá Bolão saía enfunada. É agora. E a maria-correia se sentava no lombo de quem estivesse mais perto.

Mãe tinha um jeito ruim de exemplar. Ou batia no primeiro que pegava, ou batia em todos eles, de um em um. Um apanha porque fez e os outros porque esconderam a arte.

Tempo de inhame, frito na gordura de porco. Tempo de batata-doce, assada no forno ou na cinza do fogão. Maria se tratava a leite de cabra mocha, com farinha de milho. Antônio mastigava pururuca, fazendo ruído de queixada de burro que come milho seco no bornal. E café e mais café, plantado, colhido, posto para secar, descascado, abanado, torrado e socado em casa.

– Traz banquinho! O café está pronto!

Que Mané banquinho! Sentar-se era em cima da taipa, que a mãe fiscalizou fazendo. Para desgosto do pedreiro, mestre na arte, cheio das medidas de cem anos atrás, ficou a obra do fogão mal-acabada, com um rabão de quase metro e meio, pra tição nenhum não cair. Na realidade, construída pra ser a sala de estar da cozinha.

Qual era o cômodo mais alegre da casa? Feio, isto sim. Chão batido de terra preta. Panelas escuronas, cabos avultando para o lado de baixo e de fora da prateleira, colocadas de borco, umas por cima das outras. Mesa enorme, velha e encardida, áspera, com grandes tábuas de fora a fora, tudo lavado e esfregado com sabão de cinza e soda cáustica.

Quem olhasse pra cima veria o teto de telha de bica, o madeirame de pau roliço, negrejando de picumã. Branco era o fogão de taipa, barreado de tabatinga colhida nas beiradas do córrego.

Na hora do almoço, feijão pula-pulava no caldeirão craquento. Nas chuvas, o milho verde perfumava a casa inteira, cozinhando na panela grande. E que se cuidassem as galinhas se alguém da casa adoecia, porque canja é santo remédio pra revigorar enfermos.

Ah! O cômodo mais alegre, mais claro, mais quente, mais barulhento era a cozinha, a cozinha de antanho, onde se praticava a mais deliciosa culinária da minha terra.

Conto de Natal

Quem atendia a porta era uma caipirinha matreira, de olhos negros buliçosos, riso muito cheio de covinhas, a cor da boca bem cortada avivada com papel vermelho, e o cabelo escorrido de Cabocla encrespado a papelote. Sêo João Caetano teria seus cinquenta bem contados, mas o riso dela o encorajou. Demais, ela sabia as respostas, tinha ensino, não era nenhuma lambeta da cidade.

– Sua graça, inda que mal pregunte – que ele falou em tom meio enleado.

– Prigunta bem. – Ela deu a contrassenha. – Maria das Dores, sua criada.

– Criada de Deus – secundou Sêo João, tocando o chapéu de palha.

E foi assim, isto é, terá havido um antes. Quem pode colocar o princípio das coisas no seu verdadeiro princípio? Foi o olhar que promete e negaceia, foi o muxoxo de falso pouco caso, desmentido pelo sorriso, foi a conversa sem sentido, mas entremeada de dúbias significações. A certa altura, ele se sentiu autorizado a fazer as perguntas fundamentais. Das Dores, 'cê gosta de mim? Não faz mal que eu sou um rapaz de idade?... Domingo posso ir à sua casa pedir casamento pro seu pai? Respostas? Que são respostas? Ah! O sorriso luminoso da Das Dores, ah! O brejeiro sorriso de Das Dores!... Se eu tivesse um franguinho, disse a modo de resposta, eu fazia um almocinho melhor pra mecê. Foi a conta pra Sêo João Frangueiro lhe levar um jacá de frangos gordos, carijó de crista vermelha, e uma franga nova, de boa qualidade, "pra criar". Os dois caipiras mais velhos acertaram o negócio, no meio de muita baforada de cigarro de palha enrolado com fumo do Quilombo. Faltavam alguns dias para o Natal, e, entre um sorriso cheio de covinhas e um olhar de inesperados brilhos, Das Dores lamentou não poder festejar, que a gente gasta muito, e o dinheiro do pai não chega pro supérfluo. E Sêo João na mesma semana deixou em casa do sogro mais um jacá com meia dúzia de frangos gordos. O diacho foi o baile de batizado na casa de um compadre. Das Dores foi, e sapecou com vontade. Sêo João deu o estrilo, decretando com autoridade de noivo: Das Dores, 'cê não dança baile mais. Homem não põe a mão na cintura de mulher minha. Ah!, a risada de Das Dores, e as coisas cruéis que uma caipirinha de quinze anos pode dizer a um homem de cinquenta. De'estar, disse ele, eu vou buscar os frangos. Foi. Não adiantou nada. Já tinham sido comidos à razão de um por dia, e Sêo João não tinha mais arma nenhuma contra Das Dores.

As velas para São Luiz

Não sei se, com base folclórica ou religiosa, existe um costume com respeito aos moribundos: temos que lhes colocar uma vela.

Ninguém estaria bem assistido em seus últimos momentos se se não segurasse mal e mal, entre os dedos já sem movimento, uma vela acesa, isto é, uma luz para alumiar-lhe o caminho na outra vida. E isso estava arraigado no povo. Morrer sem uma vela, nem pensar! E os caminhos? E a luz?

Conta-se de dois pretos, já de certa idade, arranchados numa clareira, carvoeiros que eram lenhadores. Um deles se sentiu mal e começou a fazer termo para morrer. Eles tinham o seu machado, o facão, a bilha cheia d'água do riozinho, os mantimentos para a semana, a pedra de tirar fogo. Mas vela, nenhuma. Ninguém se lembrou desse utensílio. Não tem nada, não, o preto comentou consigo mesmo. A gente dá jeito. Foi na touceira de taquaruçu, cortou um gomo bom de abarcar com os dedos, bolou um pavio de um pedaço de pano e pôs nas mãos do moribundo o precioso instrumento de encontrar o caminho no céu. Mas o companheiro, nada de morrer. Varou estertorando o resto do dia e a noite. E o fogo lavorando lento, mas firme, gomo de taquaruçu abaixo.

Um parêntese para explicar: alguém já viu queimada de moita de taquaruçu? Quando o fogo pega e se o vento ajuda, é cada estrondo na touceira que parece uma caçada ou uma guerra. E aquele foguinho descendo. E o compadre, coitado, desprevenido do que estava para acontecer. Ia levar um baita de um susto. O outro desesperou.

— Compadre! – rogou. – Pelo amor de Deus! Morra logo, antes que chegue no nó!

Vêm-me à lembrança as noites de tempestade, quando estouram os gomos de taquaruçu, grávidos de sacis, um negrinho em cada gomo. De cada estouro vai saindo para o mundo, pulando e assobiando, a sacizada. O pipocar é de uma guerra. E é prevendo essa guerra, essa aluvião de sacis, libertados em noite de tempestade, que o pobre velho, acompanhante da alma que agoniza sem vela, vai rezando e entremeando as palavras sagradas, com o acréscimo de palavras de sua intenção particular: "Morra logo, compadre, antes que chegue no nó!".

São Luiz do Paraitinga tem relações muito satisfatórias com o saci. De lá partiu uma campanha de fortificação do mito Pererê em contraposição ao iz. Nessa campanha tomaram parte todos os artistas, dons quixotes, da cidade. Empenharam-se a valer, inclusive insistindo numa pergunta a que os brasileiros teriam que responder:

— Você acredita em saci?

A mim jamais fizeram tal indagação.

É sabido que eu brincava com o saci nas moitas de perpétua em flor do jardim da minha avó.

Dali (de São Luiz, digo) veio o quarteto Pererê. Veio a campanha de substituir o *halloween* americano pelo saci, duende-menino tão inofensivo e até divertido. Teve a sua graça, e somente não vingou a excelente ideia porque os caminhos do *folk* são outros caminhos.

Que podem contra eles os frágeis pensamentos dos homens?

Mas São Luiz tem outras amáveis acontecências. Por exemplo, as músicas dolentes de Elpídio dos Santos, de quem neste ano se comemora o centenário de nascimento. Tem as marchinhas dos carnavais de antanho, que falam ao nosso coração brasileiro. E aqueles prédios que caíram, mas vão se erguer novamente, para gáudio dos paraitinganos, antigos e novos, a um tempo, numa demonstração de que todos carregam velas para a nova vida de São Luiz do Paraitinga. Numa demonstração de que Deus vai acabar caminhando direito por linhas tortas.

Como sempre.

Folclore
lição nº 1

Dizia Mário de Andrade que muita gente pensa que folclore é pra gente se divertir. Não é, não. Folclore é ciência séria, o processo mais importante de autoconhecimento é de determinar as nossas raízes e a nossa vocação como povo. Assim, o que se faz mister, num país da extensão territorial do nosso, e com várias tendências se entrecruzando, e misturas étnicas sobre a base: português, negro africano e ameríndio – a parte mais, digamos, urgente do folclore é a coleta. Tudo está por fazer. Os folcloristas afloraram apenas a grande seara, embora tenhamos já inúmeros pesquisadores da importância de um Luís da Câmara Cascudo, por exemplo.

O Vale[6] conta com Gil Camargo, Paulo de Carvalho, Paulo Florençano, Maria de Lourdes Borges Ribeiro, Conceição Borges Ribeiro de Camargo, Thereza Regina de Camargo Maia e muitos outros. Dizíamos, pois, que importante é a coleta e que urgente é a coleta. Não vamos pretender conservar o folclore de antanho, pois que o folclore é vivo, muda de região, transforma-se, adapta-se, acultura-se. Bem bom que não se conserve o fato folclórico antigo, o que é indício seguro de que o país se civiliza. Mas o que precisamos é de fazer o registro, cientificamente, para os estudiosos de amanhã. Urge coletar, sabendo como fazê-lo. A primeira lição para o coletador é anotar com o máximo de fidelidade.

Coletador não tem opinião, não comenta, não sugere, não prefere. Ele é feito de olhos e de ouvidos.

Aquele que tem olhos de ver, que veja, e aquele que tem ouvidos para ouvir, que ouça.

---

6 Região do Vale do Paraíba, estado de São Paulo. [N. E.]

Folclore daqui e dali

O padre Gian Carlo Michelini, italiano, fundou há dez anos em Formosa (Taiwan) uma missão, o Lan Yang Catholic Center, para ensinar atividades de lazer, canto, dança e formação profissional. Mestres chineses o ajudavam desenvolvendo as artes orientais, como esse extraordinário balé folclórico, há pouco em turnê pelo Ocidente. Trata-se de uma estilização muito intelectualizada, com um guarda-roupa riquíssimo, meninas escolhidas, bem-feitas, formosas. As treze danças de que se constitui o espetáculo são apresentadas cada uma com trajes diferentes, todos de alto luxo. Abstraindo-se dessas exterioridades, cada coreografia traz ao espectador não chinês cenas inesperadas dos costumes do Celeste Império, do seu folclore singular.

— Não visamos aos lucros – diz o Mestre Chinês. – Nem sequer para obras beneficentes. Nosso escopo é divulgar a cultura chinesa, cinco vezes milenar.

A base do Ballet Lan Yang é um estudo profundo sobre as origens chinesas, para estilizar as suas manifestações mais genuínas. O resultado é esplêndido. Sem pensar em comparação, vimos com a mesma orientação o Berioska, balé russo folclórico.

A graça da mulher chinesa é inimitável, tanto mais quando servida com um aprimoramento na dança, um controle corporal e uma poesia de interpretação realmente emocionantes.

A história e a mitologia estão representadas no balé. Danças para comemorar o início da primavera. Os leões das montanhas. Um conto de amor.

O mestre acrescenta que o segundo objetivo da excursão do balé é possibilitar às suas jovens componentes o contato com o mundo ocidental.

Elas cantam algumas canções em português, pronunciando de maneira clara as palavras da língua estranha.

— Para usar mesmo — informa o Mestre —, aprenderam duas palavras em português.

Esperamos, pensando em palavras como água, pão, dinheiro, bom-dia, socorro, como vai.

— Quais são?

— Obrigada e tchau.

— !!!

Ao assistir à dança que estiliza evoluções populares festejando a entrada do Ano-Novo, deparamos com uma coincidência curiosa. As figuras mascaradas, vestidas com espalhafato, dando saltos e fazendo piruetas, batem com os nossos palhaços que, justamente na mesma ocasião, integram as Folias de Reis. Claro. No balé chinês, isto é, no folclore chinês, há outro requinte, outra leveza, mas os pontos de contato dão o que pensar a respeito da teoria da geração espontânea do fato folclórico, sem que necessariamente tenhamos que buscar as origens de tudo quanto temos na Europa ou no Oriente.

Na falta de justificação histórico-geográfica de uma aproximação sino-brasileira, ou de uma possível influência, essa similaridade parece justificar a teoria dos evolucionistas, cujo primeiro postulado (de Lewis Morgan) era: "A história da raça humana é uma na origem, uma na experiência, uma no progresso". Ou seja, haverá uma fonte independente de cada cultura, uma evolução autônoma dos povos através dos fatais estágios de selvageria, barbárie e civilização. Podemos exemplificar com as ações similares de Tylor e mais a afirmação de Adolf Bastian: "O povo possui, como fundo psicológico primitivo de sua cultura, as mesmas ideias fundamentais".

De acordo com os sociólogos e os folcloristas da teoria evolucionista, as formas análogas se explicam pela convergência, "segundo a qual, por solicitações de necessidades semelhantes, o homem cria, em lugares diferentes e longínquos, coisas parecidas, quando não iguais".

Haverá necessidade maior para o homem do que rir e alegrar-se?

Notícias e comentários:
o jongo

O jongo é dança em extinção no Vale do Paraíba. Estudado já por vários folcloristas e prevista a sua morte, porquanto somente dançado por adultos, o jongo participa a um tempo da dança e da magia. A parte propriamente dançada consta de um galeio de corpo, acompanhando o som fundo dos urucungos e dos atabaques, do tambu e do candongueiro, todos instrumentos de origem africana, sendo o urucungo instrumento de uma corda só, e os restantes de percussão. A espaços, os dançadores são tomados de súbita agitação, e se inicia uma fase de umbigadas, enquanto a roda do jongo canta monótona melopeia, sem variantes quer musicais quer verbais. As palavras do jongo se prendem à feitiçaria. Jogado o ponto, isto é, dada uma charada para decifrar, se não for desmanchado o ponto, ou seja, adivinhado e respondido, os parceiros ficam presos ao jongo, sem poder sair da roda. Por exemplo:

Na minha casa tem goteira

Pinga ni mim, pinga ni mim...

E a roda inteira repete, no mesmo tom:

Pinga ni mim, pinga ni mim...

Até que um adivinha que se trata de trazer pinga para os jongueiros, que bebem bastante durante o entrevero, e canta por sua vez, dando a entender que já sabe de tudo:

Minha zirissinhô já vai trazê...

Za vai trazê, za vai trazê...

O jongo dura a noite toda. O som dos instrumentos é soturno, longo, fundo, tum, tum, tum. Em Silveiras se dançava o jongo nas festas da padroeira Nossa Senhora Santana, atrás do prédio da cadeia. Ultimamente só em Queluz, na serra, ainda se dançava jongo, mas não se pode levar os jongueiros para dançar fora do seu ambiente. O jongo tem que ser à noite, tem que ser no local do costume, tem que ser em louvor de algum santo. Os jongueiros são todos pretos e velhos. Como disse, já não existe.

Zé Benedito é o último jongueiro.

Perguntado por que não dançava mais o jongo, respondeu:

— E o parceiro? Como posso dançar sem parceiro? Os do meu tempo já se foram. Martim, Luís Florêncio, Miliana, todos. Era uma turma boa, a gente passava a noite, e todos eles sabiam amarrar qualquer um com os pontos.

— A pessoa ficava amarrada mesmo? Não podia sair nem que quisesse?

— Só sabendo desamarrar o ponto. Senão ficava lá, e não havia quem o livrasse. Foi uma vez...

E ele conta o caso acontecido de um jongueiro amarrado à roda de jongo, e ficou até pedir misericórdia, e o mestre o livrou, por fim. José Benedito dos Santos tem mais de oitenta anos, foi carreiro, no bom tempo, depois funcionário da Central do Brasil.

— O senhor não tem saudade?

— Ah! — ele interrompe. — Nem me fale em saudade. Esse tempo não volta mais.

Folclore, tradição, nasce, cresce, morre ou se transforma, e o jongo resiste em alguns lugares do nosso Vale. Os tempos são outros, e esse tempo não volta mais, mas jonguemos com o Jefinho pelos novos tempos:

Saravá, jongueiro velho
Que veio para ensinar
Que Deus dê a proteção pra jongueiro novo
Pro jongo não se acabar
Pro jongo não se acabar
Que Deus dê a proteção pra jongueiro novo
Pro jongo não se acabar

Congadas de Santa Isabel

Santa Isabel ficou na tradição paulista como a cidade onde prevalecem, por excelência, os ritmos negros. Tem assim um certo banzo, um certo ar de Bahia minúscula, com seus ritmos, seus mistérios e suas tradições, encravada e esquecida num cantinho do estado bandeirante.

Congadas se sucedem na pitoresca cidadezinha. Em tardes de festa, é comum ver o Batalhão da Estrela, ou o Batalhão Branco e Preto, nome como designam os bandos de congueiros, descendo as ladeiras a partir do largo de uma das velhas igrejas e, depois, em evoluções coloridas em torno do jardim.

A tarde em flor se enche de longos rumores. Tambores ressoam; e o som das violas se casa à melodia dos refrões cantados em louvor de São Benedito e de Nossa Senhora, os clássicos padroeiros das congadas.

Um dos bandos canta, desfilando em passo de marcha batida, meio bamboleada, como que amolecida pela doçura insidiosa da música soturna e grave:

O sino já bateu
O relógio já deu hora
Vamos festejar com gosto
A Virgem Nossa Senhora

Nas ruas, que as blusas fortemente coloridas dos congueiros aviva, o sol põe cintilações nas pontas das espadas. Outro bando, este caprichado, em roupas de cetim, lança ao vento, na fala cabocla, um verso expressivo, em ritmo sincopado, marcado pela batida dos pés:

Louvemos meu São Benedito!
Louvemos meu São Benedito!

Ora viva, minha Santa Cruz
Nós cheguemo na porta da igreja
Recebê o coração de Jesus

Então as voltas dos dançadores parecem que deliram. Evoluções bordam nas ruas arabescos complicados, em que entram blusas pretas e brancas e onde dançam estrelas, desenhadas com purpurina no peito e nas costas dos congueiros. A estas horas, eles cantam a plenos pulmões, excitados pelo tum-tum dos tambus e pela cachaça, e também talvez pelo calor do sol cegante:

Louvemo o altar
Louvemo o andor
Meu São Benedito
No meio da flor

Poetas rústicos, cheios de uma lírica devoção, os congueiros cantam versos como este:

Ai, bonita madrugada
Ai, ai
Oi lindo clarão do dia
Encontrei Nossa Senhora da Guia
Que Nosso Senhor Divino
Esteja em nossa companhia

E quando a noite desce, e ficam os dançadores meio indistintos na fofa penumbra, parece que se ouve melhor (talvez por causa da tristeza da hora), parece que se ouve melhor a mansa cantiga:

Batalhão das sete estrela
Traz bandeira da nação
Viva o chefe da congada
E toda a população
Viva o nosso rei do congo
Que comanda o batalhão

Anoitece e, com a noite, se intensifica o mistério. Reis do congo palpitam através da voz brasileira dos congueiros, na suavidade da sombra funda e imensa.

Festas juninas no Brasil

As festas juninas são as mais brasileiras de nossas festas. Brasileiras, embora de fidalguíssima origem francesa. Vieram das cortes de Luís XIV, o Rei-Sol, e de Luís XV, aquele mesmo dos faustos e do romance com Madame Pompadour.

Em Versalhes, dançava-se com roupagens de seda, luvas de renda, joias raras. A música engendrada pelos compositores mais sofisticados, numa coreografia engenhosa e com passos saltitantes.

Essa dança veio parar na roça dos Pichochó, no sítio do Tião Gurundá, nas fazendas que rodeiam as cidades, na periferia dos grandes centros, no Brasil de Sul a Norte! Como? Por quais caminhos? Algum caipira foi a Paris apreciar e aprender a quadrilha? Algum francês se internou por esses matos e ensinou a dança aos papagaios e aos botocudos?

Não seria preciso fazer essas perguntas se fossem hoje tais acontecências. Está aí a mídia que vara extensões, entra em todas as casas e fala em todas as línguas. O que se cochicha no Palácio de Buckingham ressoa no casebre de pau-a-pique de qualquer Mané-sem-Graça. O canto do paroara amazonense ecoa na Índia ou na China. E há a internet, que os ladrões estão usando para roubar mais facilmente.

Na época não havia nada disso. Não obstante, alguns se fizeram universais. Hajam vista os ensinamentos de certos pescadores, arrastados pela voz poderosa de Um que queria fazer deles pescadores de almas. Eram pobres, ignorantes, nunca tinham saído de sua aldeia, do seu mar da Galileia, a região era malvista, porque em verdade nada de bom saía de lá.

Apesar disso, a sua voz se ouviu no mundo inteiro e dura até hoje. Como se espalhou? Ninguém tinha carrão zero nem avião particular, e apenas possuíam uns barcos mambembes a remo, muito rudes e feios. Não havia TV, nem rádio, nem telefone, nem computadores, nem internet. Como a sua voz se espalhou no mundo inteiro e dura há mais de dois mil anos?

Eles pregavam aqui e ali, sempre por perto. Foram dotados pelo dom da oratória. Pelo que sabemos, nesses espetáculos populares, não havia dançarina árabe com a dança de sete véus, o tchan da época. E mesmo assim, e mesmo assim...

Que caminhos seguiu a quadrilha, dança que veio dos salões palacianos, diretamente para a cultura brasileira? Esses são os caminhos da religião, também esses são os caminhos do folclore. Sua penetração, receptividade, aceitação, difusão, duração fazem parte de um milagre que não nos é dado explicar.

(Diretamente, nem tanto. Pela lei da imitação de Propp, que qualquer folclorista mais ou menos conhece, as danças entraram por imitação do menor para o maior nos bailaricos populares, de Paris e das províncias.)

Onde será que o povo foi buscar aquelas frases burlescas de um francês bastardo, com sotaque caipirês, que usam todos, gente fina e gente grossa, na marcação das quadrilhas, esse bailado tão popular?!

Mário de Andrade recolheu um texto delicioso, desses que andam por aí vivos, não com dois mil anos ainda, seguramente uns oitocentos anos. Meu Deus! E há quem fale em gente quadrada e ultrapassada!

Na fazenda do Itupu, em muitos junhos seguidos, vi, ouvi e dancei! Ri bastante, porque estava feliz, e ainda rio hoje, emocionadamente, divertindo-me, ao relembrar aquelas quadrilhas, tão francesas! Tão brasileiras! E, ainda há pouco dias, ri na festança do Dilson e sua gente, com aquela quadrilha, sem tirar nem pôr a de Itupu na minha lembrança de há bem uns sessenta anos.

Tur! Balancer! Anarriér! Anavan! Tur de dáme! Tur de cavaieiro!, misturado com a contribuição tupiniquim: *A ponte caiu! Ei, vem a chuva! Tem cobra no caminho! Pare a tropa, porque uma besta mancou!*

Longe dos reis de França e dos esplendores dos palácios, mas tudo tão próximo, tão brasileiro, tão da nossa cultura em formação, tudo tão folclorizado em terras do Brasil!

Histórias das tribos

Enfim, estávamos falando da poesia contida nos mitos indígenas, bem ao contrário daquelas bruxas americanas de halloween (se é assim que se escreve). Enfim, a Cobra Grande era a mesma rainha Luzia, por via dessas fantasiosas transformações do mundo encantado. E de repente a moça não queria mais se casar. As untanhas perguntadeiras insistiam:

— Casa. Não casa? Por que não casa?

E o sapo-boi, em voz grave:

— Por que foi? Por que não foi?

Até que a Boiuna, a temerosa Boiuna, a negra Cobra-Grande, deu no rio um nó que fez as águas pararem no ar azul. Quando ela repetiu, por que não casa, e as serras reboaram com o vozeirão, a noiva esclareceu, tão docemente que mal se ouviu:

— Com este sol quente, tão claro, tão sem mistério... sem nenhum escurozinho no mundo, como posso fazer dormezinho com o meu amor?

As faces da princesa ficaram cor-de-rosa como o céu, hoje de madrugada. Aí todos repararam: sombra nenhuma, em nenhum canto, nunca! É mesmo, gente! Esqueceram de providenciar a noite!... E a bicharada toda secundou: neste mundo falta noite!

E a Cobra-Grande amansou:

— Ah! É isso? Tem nada, não, minha donzela...

Logo a floresta inteira ficou sabendo que iam buscar a noite no fim do mundo, onde ela estava guardada. Foram dois índios, latagões de peito largo. Na saída a Cobra-Grande recomendou:

— Vão buscar um coco de tucumã maduro! Venham direito pra casa, não conversem com ninguém, nem entre si, e não abram o coco. Ele tem que chegar aqui do jeito que sair de lá. Entendido?

Os dois índios retrucaram com pouco caso: Ara!

Eles foram longe, andaram mil léguas desenroladas na distância. E era longe. Subiram e desceram serra. Passaram e repassaram rio. E era longe por demais. E, com muito andar, chegaram.

Quem entregou a noite, não sei. Não me contaram. Os mensageiros na sua canoinha vieram, rio abaixo, rio abaixo, rio abaixo, e nunca mais chegavam. O coco tucumã ficou no fundo da igara, bem fechadinho com breu. E era grande e escurão. Dentro dele cabia o quê?

Segurando-o na mão, era leve. A casca não deixava ver coisa alguma. Chegando-o ao ouvido, um rumor vinha dele. Que será isso? eles se perguntavam, mergulhando os remos na água, tchá! tchá! tchá!... E, no coco, aqueles rumores. Os índios não sabiam que tinham ido buscar a noite.

Cada um por sua vez agarrava o coco e o volteava nas mãos, pensativo. Que é isso? Está vivo? É gente? É bicho?

Ah! Era a noite, e não sabiam.

Até que a curiosidade não pôde mais. Eles derreteram o breu e abriram o coco. Na mesma hora, tudo escureceu. E aquilo que fazia barulho dentro do fruto foi saindo do ninho úmido e frio: saiu o vaga-lume, no arremate de um traço de luz. Saiu o pernilongo finfinfinfirifinfin. Saíram os sapinhos, que passam a noite poetando foi-não-foi-foinãofoi. Saiu o grilo cricri. Saiu a onça com patas de lã. Saiu o corujão de voo silencioso e de risada escarninha. E a suindara, cortando mortalha. Saiu o tristíssimo sem-fim. Patearam pela floresta a pantera, a pixuna, o caititu. As serpentes sibilaram, buscando as tocas. E tudo quanto era bicho noturno, silvando, bramindo, urrando, zinindo, miando, gritando, bufando, coaxando, povoou a grande noite recém-criada.

Os dois mensageiros infiéis viraram macacos. O breu que escorreu do coco deixou-lhes um traço negro na boca. Nunca mais saiu.

Foi assim que apareceram no mundo os jurupixunas, macacos de boca preta. O grande coco esvaziado encolheu, encolheu e virou esse coquinho tucum, que todos conhecem.

E o casamento?

Contaram os poetas que a filha da rainha Luzia fez dormindinho no escuro.

Lendas cachoeirenses

Consta que, em Cachoeira, havia um grupo endiabrado de homens, lá por mil novecentos e nada. Foi quando apareceram uns missionários capuchinhos, esses padres franciscanos que usam um rosário imenso com uma cruz de madeira na cintura, e uma coroa, aberta na cabeça, como um halo de santidade. Eles estavam dispostos a pôr ordem nesta terrinha, e a acabar com a sede de viver daqueles homens de que falamos, moralizar a sociedade, liquidar com certos casamentos morganáticos, desmanchar as bigamias institucionalizadas, fechar as portas de um casario alegre, bem no caminho da igreja matriz. Mas os franciscanos, cheios de boas intenções, não tinham nenhuma doçura evangélica. Eles gritavam em alto e bom som os pecados daquele grupo endiabrado. E contavam fatos que não sei como foram parar nos seus ouvidos. A coisa chegou a tal ponto que, quando os missionários começavam a dizer o que se fazia de imoral por aqui, o povo murmurava: o Sêo Fulano, o Sêo Doutor Sicrano, dando descaradamente os nomes aos bois. Com isso transbordou a taça dos ouvintes. Esgotada a paciência que tinham, formaram uma comissão e foram procurar os frades, na sacristia. Reverentes, a princípio, pediram desculpas de os procurarem, tinham os chapéus seguros nas mãos e encostados ao peito.

— A gente pedia, Sêo padre, que o senhor não fosse tão direto. Podia atacar o pecado, mas não dar a entende de quem se tratava. O senhor está atacando, a gente fica sem poder se defender, estamos ficando malvistos...

O capuchinho que os atendia, ainda quente da fala no púlpito, respondeu que eles, reles pecadores, não estavam ficando malvistos por causa da denúncia dos capuchinhos. Eram malvistos há muito tempo, por causa do seu mau comportamento. Que esses pecadores tinham mesmo cara de pau, para virem interpelar sacerdotes que apenas faziam a sua obrigação. E que eles, capuchinhos, não iriam parar com as denúncias...

Não pôde acabar o seu inflamado discurso. O homem deu-lhe um tranco que o atirou para o canto da sacristia.

— Vai parar ou não vai parar com essa pregação abusada?

— Nem eu, nem meus irmãos de fé. Estamos aqui para denunciar abusos.

— Então o senhor não vai nem ver o povo mais. Daqui vai é embora.

Outros três capuchinhos que entraram pela porta da sacristia, para defender o companheiro, foram empurrados também para fora, aos safanões. Um resto de respeito ou de medo de ofenderem a pessoa sagrada do representante de Cristo ainda detinha os agressores. Mas infortunadamente, na saída para a rua, um dos missionários pisou em falso no primeiro degrau e caiu. No que se ajoelhou no chão, quebrou o crucifixo de madeira da cintura, e pôs-se a clamar que estava sendo agredido, que estava machucado, e amaldiçoou os pecadores empedernidos. Os tais empedernidos foram saindo de fininho, e desapareceram por aquelas ladeiras do alto da igreja, deixando lá os pregadores indignados.

Na cidade inteira o relato desses fatos foi comentado de mil maneiras. Os capuchinhos se foram, também horrorizados com os impenitentes. Correu um boato de que a cidade tinha sido amaldiçoada. Alguns familiarizados com esses incidentes religiosos e suas consequências comentavam que a cidade teria cinquenta anos de atraso.

Quase cinquenta anos depois, mataram o padre Juca, no seu quarto na Santa Casa. Na porta, ele mandara colocar uma pequena placa, onde estava escrito: Meu Ceuzinho.

Mais cinquenta anos de atraso, gente?

Era o que parecia.

Não precisamos dizer aos nossos vigários que se cuidem. Não há missionários no horizonte, nem indícios de que haverá dinheiro nas igrejas, em quantidade que atraia assaltos. Estamos chegando ao fim do castigo, ou da praga, ou seja lá do que for, que atrase a nossa cidade. Acordem, cachoeirenses, que é hora de lutar.

Só mais uma coisinha, para terminar. Agora é preciso desenterrar a caveira de burro que, dizem, foi enterrada por uns malfeitores invejosos, no campo do Cachoeira F. C.

Yacy-taperê, diabo menor

"Este nome (yacy-taperê) liga-se a uma lenda que tem relação com o conto das amazonas. Dizem que, quando desceram 'umas mulheres' (*ceta cunhã*), ficaram nesse lugar irmã e irmão." E assim, nessa linguagem saborosa, vai João Barbosa Rodrigues, em *O rio Iamundá*, desfiando a belíssima lenda ameríndia. Conta como se apaixonou a irmã pelo irmão. E como o visitava cada noite em sua rede, misteriosamente, protegida pelas trevas. E como o irmão, para descobrir quem era aquela que o despertava para o amor, umedeceu-lhe as faces com urucum. E ela, que habitava as margens do lago Iaci, espelhou-se em suas águas e viu que estava marcada para sempre. Manejando o arco, despediu flecha após flecha, até formar uma longa vara, e por ela subiu e transformou-se em lua. O irmão que habitava o alto da serra, indo vê-la e não a encontrando, de dor metamorfoseou-se em mutum. Ela agora vem mensalmente, sob a forma de lua, mirar-se nos espelhos dos lagos para ver se desapareceram as manchas.

É muito interessante a concordância desta lenda com a dos esquimós. Contam eles que a lua, visitada cada noite por um jovem, lhe enegreceu o dorso para marcá-lo e, tendo reconhecido que seu irmão era o amante, fugiu, perseguida por ele. Foram ambos transportados às nuvens, e ele tornou-se o sol (Sébillot, *Le folklore*).

A "Tapera da lua" — recontada por Affonso Arinos nas *Lendas e tradições brasileiras* — refere-se a uma aldeia que ficava perto de uma lagoa tranquila, nas fraldas da serra chamada do Taperê e hoje do Acunã. Uma guerra infeliz reduziu a tribo a dois sobreviventes, apenas irmã e irmão. O resto como na lenda recolhida por Barbosa Rodrigues. O mesmo em Melo Morais Filho. Em todas há a relação com as *cunhãs-apuyaras* – as amazonas.

Percebe-se que Jaci, a lua, se confunde com Iaci, o lago. E há ainda a notar a significação de Jaci (de *ja* - vegetais; e *cy* - mãe). Taperê, a tapera, confunde-se com Taperê, a serra, hoje chamada do Acunã. Como elemento básico e determinante do mito, temos a necessidade de explicar as manchas e fases da lua.

É provável que de uma única vara de flechas, subindo aos céus, ideia primitiva do saci, i.e., de Jaci, tenha surgido, por associação, o mito saci de uma perna só, embora os partidários da hipótese astral, por assim dizer, vejam na forma um indício claro de que a lenda do saci procede da conformação da Ursa Maior. E é possível também que a forma – uma perna só – venha do hábito dos pássaros de ficarem em repouso sobre uma perna. A cantiga do pássaro, associada à lenda, impôs a onomatopeia – jaci taperê. Ao que parece, com tais elementos é passível de sucesso a tentativa de situar em definitivo a lenda do saci, por um lado, entre os mitos florestais.

Como na primeira contribuição do progresso, o invasor fez do jaci taperê o saci-pererê-de-uma-perna-só, emprestando-lhe as características dos duendes originários da alma dos mortos e do culto do fogo, nas lendas europeias. Aliás, não foi preciso modificação de seus atributos essenciais para isso. Evidentemente, na lenda ameríndia o saci tinha origem antropomórfica, estreitamente ligada à alma dos mortos. Foi um elemento incorporado à lenda da tapera da lua, numa tentativa de explicar o perambular de um pássaro e o seu canto melancólico, que parece um chamado. Aqui já não se trata do mutum, conforme a lenda colhida no rio Jamundá, mas de outra ave, considerada mensageira da alma dos mortos, segundo Métraux (*La religion des tupinambas*). É bastante impressivo esse elemento etiológico. Os mandarucus diziam mesmo que era sob a forma de matim taperera, nome registrado por Métraux, que a alma dos mortos vinha passear sobre a terra. O mesmo entre os chiriguanos. Os guaraiús explicavam o cuidado que tinham por esse pássaro, dizendo que ele vinha da terra dos ancestrais. O indígena, que tinha a palavra e o mito – Jaci –, ouvindo o chamado de saci, relacionou-o à maravilhosa lenda da tapera da lua.

O nosso caipira associou o canto a palavras conhecidas e chamou a ave – sem-fim. A mesma ave é chamada indiferentemente – saci ou sem-fim, pelos caipiras do Vale do Paraíba; sendo saci, evidentemente, corrupção de Jaci. Taperê passou a pererê, sererê, tererê. Jaci e taperê deturpados deram: mati-taperê. Posteriormente: matinta pereira, nome pelo qual é conhecida uma ave da família dos cuculídeos: *Tapera naevia-Lin*. Goeldi dá-lhe o nome de *Diplopterua Naevius*, e Barbosa Rodrigues – de *Cuculus, Cayanus*, ou seja, o mesmo saci ou sem-fim. Varnhagem dá matintaperera. Metraux: matim taperera, variando apenas na separação do nome. Na baixa fluminense diz-se: saci saterê e saci tapereê. No Rio Grande do Sul – saci peré (Cezimbra Jacques, *Assuntos do Rio Grande do Sul*). Como diz Cassiano Ricardo em seu belo *Martim Cererê*, nova corrupção dos vocábulos originais, não é difícil que, à força de se aportuguesar, venha o jaci taperê a dar: Martins Pereira da Silva. E não é difícil mesmo.

Yacy-taperê, diabo menor
parte II

Repetindo: temos a lenda de jaci taperê, mito astral, acrescida de uma tentativa de explicação do canto do saci, este último elemento, mito florestal. Explica-se desse modo também a concordância de yasy yateré, nas tribos guaranis do sul, duende em forma de pássaro, como o jaci taperê, no Norte. Se bem que seja mais provável ter a lenda migrado com alguma tribo nômade, em seu contínuo deslocar-se de um extremo a outro do continente americano.

Perto do arroio de Itaquiri, na jurisdição dos ervais de Tacuru-Pucu, Juan B. Ambrosetti recolheu a lenda de yasy yateré. Afirma que é difundida na província de Corrientes e no Paraguai. Yasy yateré toma a forma de pássaro e rouba crianças e moças bonitas. Os filhos dessas uniões são também yasys yaterés. Segundo Ernesto Morales (*Leyendas guaraníes*), as gentes campesinas do litoral argentino creem também nesse mito.

No Rio de Janeiro, informa Félix Ferreira, na fazenda de Santa Cruz, da antiga propriedade dos jesuítas, é crença geral, entre os que ali são nascidos, que o caapira ou caipora, como é mais comum, tem por seu companheiro o saci pereira, um pássaro noturno de um pé só, que anda a desoras a cantar pelas estradas: "Saci pereira, minha perna me dói!". Há uma parlenda infantil assim:

Saci-pererê, de uma perna só, com esta variante: saci-pererê de uma banda só (Cachoeira, 1933).

Vejamos a associação das diversas crenças indígenas, modificadas depois do descobrimento pela corrente popular europeia.

Criam os nossos índios, como refere Simão de Vasconcelos, que havia espíritos malignos de que tinham grande medo: curupira (espíritos do pensamento); macachera (espíritos do caminho); Jurupari ou Anhangá (espírito mau, ou propriamente dito o demônio); maraguigana (espíritos ou almas separadas que denunciavam a morte).

Curupira ou caapora (mato-morador) é um demônio indígena ainda hoje familiar aos caipiras com o nome de caipora. Tem o rosto voltado para trás, é muito feio e anda montado num porco-espinho. Pita no cachimbo, e ai! do caçador ou do mateiro que o encontrar, se não tiver fumo para dar-lhe. Apresenta-se também sob a forma de um caboclinho. No Rio Grande do Sul, o caipora tem os pés para trás e é chamado também carambola (Luiz Carlos de Morais, *Vocabulário sul-rio-grandense*). O caipira do vale, com seu amor pelo colorido, diz que a caipora é verde e cabeluda. O caipora, diz Castro e Silva em *Os contos de Miquelina*, é um preto velho de cabeça branca, muito grande. É cambaio, meio corcunda e anda com um pau na mão. Não é difícil traçar a origem da figura desse caipora – veio do medo que se tem aos pretos-velhos macumbeiros.

Se não conhece o saci, leitor, ouça o que diz o meu velho amigo piraquara (Cachoeira, 1930): "O saci é um negrinho preto, zoiúdo, de uma perna só. Pita num pitinho sarrento e assobia. O pito é de canudo preto, e o saci pede fogo, quando encontra gente no ermo".

Aí está. Esse saci é quase o caipora. Couto de Magalhães diz que o saci cererê é um pequeno tapuio manco, de um pé, com um barrete vermelho e uma ferida em cada joelho. Barrete feito de marrequinhas (flores de corticeira), diz Simões Lopes Neto, *Lendas do Sul*, 1913.

Sabe-se que o saci é preto. Que tem uma perna só, que usa gorrinho vermelho, que fuma no cachimbo. Que é moleque. Que assobia. E que, às vezes, completando o seu estranho sincretismo com o caipora, é um tapuio manco, com uma ferida em cada joelho. Quem nunca teve notícia dele, leia "O saci", de Monteiro Lobato, e verá as pitorescas diabruras desse negrinho de uma perna só.

Para finalizar, dois casos inéditos a respeito do saci.

Dona Maria do Sêo Oliveira, que mora na rua Visconde, em Guaratinguetá (1943), me disse que viu o saci. Conta: "Quando eu era mocinha, morava no campo do Galvão, mais do lado da ponte que do lado da cidade. Não vê que eu ficava costurando até tarde, na sala, fazendo serão. Então batiam na porta. A gente levantava, ia ver, não era ninguém. Uma coisa assobiava no escuro, cada assobio fino que doía. Nem bem a gente ia sentar, batiam na porta da cozinha. Quem não via logo que era o saci? Ia-se ver, o tiçãozinho assobiava no escuro. Ele gosta de fazer molecagem". Conta outro caso: "É preto feito um tição, o coisa-ruinzinho. Eu vou contar. Meu pai punha os cavalos pastando no campinho. Pois de manhã cedo eles estavam cansados e com a crina feito brenha. Tão trançada, que não se podia pentear mais. O remédio era a tosa braba. Montar o saci não podia, porque tem uma perna só. Então se agachava em riba do cavalo e ia, plequeté, plequeté, campo afora atarracado nas crinas do animal. Deixava os cavalos em ponto de arrebentar de canseira. A gente de noite bem que via "aquele" coisiquinha preto, com um gorrinho vermelho, amontoado em cima da alimária, assobiando de gosto".

Conversinha
sobre arte

Decididamente, a minha cidade não é terra de músicos. Minto. Não é terra de conjuntos musicais, de orquestras de profissionais organizados, que músicos há muitos por aí, nos botecos, em noites de sexta. Relacionados, conhecidos, tirando os que somente arranham, há uns duzentos violonistas. Jamais alguém conseguiu juntar dois deles que fossem, para uma serenata. A Secretaria da Cultura do Município se impôs a obrigação de criar uma Banda Municipal. Instrumentos novos, atraentes, pistão, flauta doce, sax-tenor, prato e outros. Abriram espaço para ensaio, contrataram um vero professor, talentoso.

Conta Osório César que, havendo no Hospital do Juqueri, em Franco da Rocha, vários doentes que conheciam música e tocavam instrumentos, lembrou-se o dr. Leopoldino Passos de encarregar um antigo esquizofrênico paranoide de organizar uma banda. Fez-se uma coleta entre os médicos e empregados e comprou-se o instrumental para uma pequena charanga. O posto de regente coube a um parafrênico místico, pistonista e compositor. Encomendaram-se peças harmonizadas com partituras, dobrados, valsas, rocks. A banda se chamou Charanga Hebefrênica. Entre as músicas, destacavam-se, de vez em quando, guinchos estridentes. A trompa e o trombone rasgavam acompanhamentos distonados. Em compensação, a bateria brilhava pela justeza na marcação.

Algumas vezes acontecia que o pistonista, atormentado por alucinações características de seu quadro mental, baixava a cabeça, persignava-se, soltava uns grunhidos, ajoelhava-se, rezando. Passada a crise, voltava a interpretar a sua parte. O baixo, que era epilético, podia ser tomado repentinamente de crises convulsivas.

Um dia, fui ouvir um concerto dado pela Charanga. Os internos iam tocando bastante bem, revelando um espírito de organização e sociabilidade razoáveis e também boa memória musical.

Às tantas, algum tocador largava de mão o instrumento, a corneta, o trombone e plantava bananeira sobre o estrado. O resto da turma continuava com a tocata. O outro voltaria dali a pouco, recomeçando a função com o mesmo entusiasmo. E eram intermezzos com o flautim pulando numa perna só, a percussão desistindo, para ir caçar borboletas inexistentes. E o auditório e o restante da banda, em frente! Em frente!

Certos de que o trânsfuga voltaria.

Não quero levantar falso testemunho contra os bandeiros, bandistas nossos. Mas ouso cogitar que, se alguém chama cantador que tem vara de pescar, com carretilha, e anda neste vale, nesses rios, com esse sol, e essa alegria dos dias cálidos, e com esses caminhos que não levam a lugar nenhum, a não ser para o infinito, ah!, ninguém volta para a Banda, não!

Quaresmeiras em flor

Por falar em negócios imobiliários, parece que foi pelos imóveis e seus possuidores principalmente que houve terremoto nas finanças mundiais. Que saudade do tempo em que os palacetes se chamavam iglu ou cubata e, no Brasil, não passavam de ranchinho de sapé que ficou famoso nas paradas musicais sertanejas, onde morava a cabocla Teresa.

Mas as quaresmeiras estão em flor...

Todas as vezes que eu subo a serra, e eu a subo regularmente duas vezes em cada dia, os dias que Deus dá, recebo o mesmo impacto: aquela impressão de beleza da mata serrana, que, de repente, arrebentou em flores.

Lá no alto, perto do céu, estão as quaresmeiras, efemeramente muito roxas e muito brancas, cheias de laçarotes de cetim, molhados de luz sobre as tranças. O mato abriu clareiras, sem abrir espaço, com o velho truque de se resolver em luz. Meu amor por essa mata iluminada, toda rebrilhante de orvalho, onde o sol se estilhaça em milhares de joias, mal os róseos dedos da aurora acendem a lâmpada do dia, se decide numa ternura dolorosa. Esse é um amor inquieto, como todos os grandes amores. Ao olhar para as quaresmeiras compreendo, como jamais compreendi antes, o verdadeiro significado daquelas palavras de Cristo sobre os lírios do campo: que jamais nenhum rei se vestiu com tanta magnificência como cada um deles.

E eis que descubro estar sofrendo de duas aflições: a de meu coração não suportar tamanha beleza sem estalar e a angústia de um gozo tamanho, mesclado de uma cupidez abominável, dona que sou das quaresmeiras da serra em toda a sua pompa e seu esplendor. Daí me vem o temor de perder um tesouro, que não pode estar oculto sob o alqueire, porque brilha e refulge muito mais que o ouro, muito mais que as pedrarias e as pérolas de Ofir. Ah! não poder escondê-lo! Ah! não poder mostrá-lo gloriosamente ao mundo! E resulta dessas contradições que sou rica dolorosamente como é rico o pobre avarento a quem o dinheiro martiriza.

Sempre leio em romances e contos europeus descrições de prados extensos, onde há abundância de florinhas silvestres. E falam em nomes lindos, como petúnias e prímulas. Apesar de cantarmos em altos brados que nossos campos têm mais flores, isso não é verdade tão clamante assim. De raro em raro se vê o capim alto desabrochando. O ipê, de ouro vivo, é um aqui outro além. No tempo da suinã, as árvores de sapatinhos vermelhos surgem a espaços muito intervalados. A água, às vezes, floresce em lilás, como os aguapés. Campos de flores? Onde? E outro temor me vem: que a quaresmeira é de floração roxa, e essas árvores florescidas assim, à luz do sol, rebrilhando de orvalho... Não há no mundo criatura mais perigosa que o caipira, armado de facão e machado e de pouco respeito pela propriedade alheia. Não haverá no mundo criatura mais perigosa para as minhas quaresmeiras que o caipira armado de machado e facão, de pouco respeito pela floresta e da vontade de vender casca de ipê-roxo.

E eu vejo essa exuberância, esses morros vestidos de verde, essas flores selvagens, minhas quaresmeiras. E esses pios e gorjeios me despertam para uma beleza que me comove. E me vêm à lembrança as cidades grandes, o cimento armado, os altos arranha-céus e os carros todos em fila, mascarando as tristezas. Os imóveis e os terremotos das finanças mundiais.

Perigo mesmo? É o caipira armado de machado e facão, de pouco respeito pela floresta e da vontade de vender casca de ipê-roxo.

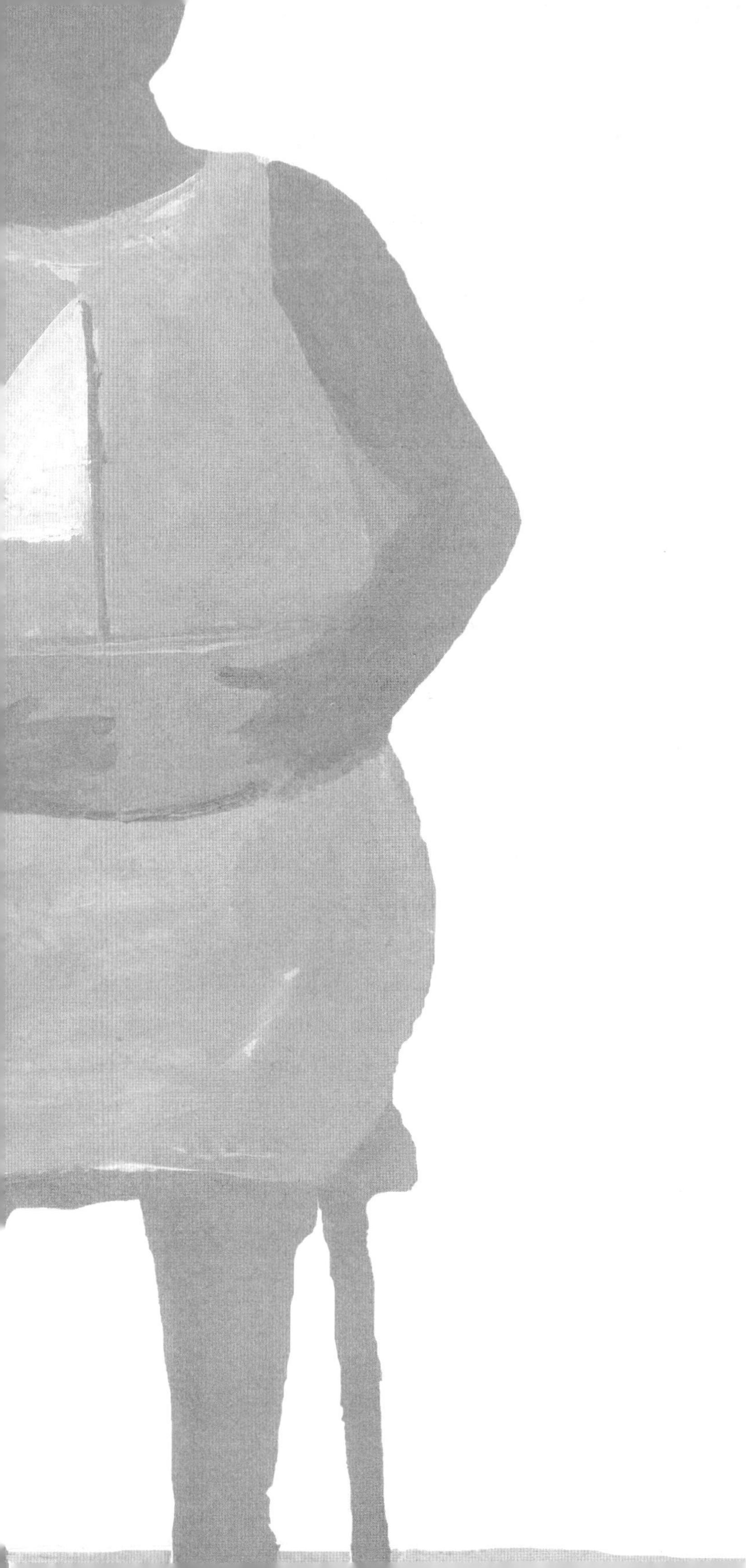

Casta linguagem

II

A nossa português, casta linguagem[7]

Rachel de Queiroz, a Divina, esteve sempre preocupada com a metonímia. Alguns artigos seus trazem inúmeras modalidades novas e engraçadas de metonímia. Quanto a mim, menos clássica, com referência a bizantinices de estilos, prefiro a metalinguagem. Tanto a erudita, profunda de uma Lispector, satírica de José Cândido de Carvalho como, e ainda mais, a metalinguagem inconsciente das crianças e de outros ignaros. Ah! Ignaros!

Grande colheita se faz nos meios escolares, pois, quanto mais, digamos, perfeitos os meios de comunicação, mais depressa comunicam os erros. O que é privilégio da nação brasileira. A coisa anda assim no vai da valsa, pelo mundo todo. A França que está muitos furos adiante de nós, teve como best-seller, nos últimos anos, um livro em que se colecionavam os empregos raros e imprevistos de algumas palavras ou a invenção de outras, por meio de processos imediatos, inconscientes.

O rapazinho parou diante do aviso de matrícula e leu que era preciso levar a certidão de nascimento e dois retratos 3x4. E perguntou:

– Que negócio é esse de retrato três vezes quatro?

---

[7] A autora utilizou a elipse da palavra língua e a manutenção da palavra português, num jogo linguístico que pretendeu prestigiar o feminino. [N. E.]

A menina da quarta série, lendo em voz alta, deparou com a palavra antisséptico e pronunciou: antissepético. A classe começou a rir, e ela consertou depressa: antipissético.

Conversa na sala dos professores:
— Para se entender bem o sentido da palavra, é preciso que ela esteja incinerada no contexto.

Quando da formação da guarda de voluntários de segurança, na cidade, a moça ponderou:
— A maioria trabalha sem receber, presta serviços voluntários à cidade, mas também há os guardas renumerados.

Informação de um guarda rodoviário pernóstico a um senhor que queria saber das condições da estrada para Campos de Jordão:
— Aquela estrada nunca está boa. Se é na seca fica pueril. No tempo da chuva, lamurienta.

Os numerais são fecundos em extravagâncias. Um escreveu: "Aquele homem deve ter quadriênio anos". E outro: "João é o octogenário aluno bom da escola". Outro escreveu 460 em numerais ordinais, assim: quatrocentos sexagenários.

Evidentemente nem tudo é cômico e nem tudo é essa calamidade. Na descrição sob o título "A minha casa", o menino fechou a sua com esta pérola:

— Gosto da minha casa porque ela é minha.

Fernando Pessoa disse isso mesmo da sua aldeia e do seu Tejo, e gastou muito mais palavras para isso.

E um rapazinho afirmou esta coisa comovente:

— Um campo florido é como um amor profundo.

Uma garota redondinha, cor de jambo, de 12 anos – e quero pôr o nome dela por extenso: Jane Estela de Almeida – escreveu este poema:

Era uma vez um gatinho amarelo, de olhos verdes, que se chamava Bichano. Todas as noites ele ficava no telhado, principalmente em noite fria, ficava olhando as estrelas. E ficava olhando para a lua, porque o gatinho era namorado da lua. O menino que passava olhou esse gato apaixonado e com rosto de espanto disse:

"Como é bacana um gatinho ser namorado da lua!"

A palavra

De todos os armamentos, de todos os venenos, de todos os recursos de destruição, nenhum é tão mortífero quanto a palavra. Ela que pode ser consoladora, blandiciosa, rica de ensinamentos, pode também ser um martírio e até matar.

Havia um rei, em tempos que já se foram, o qual, com inveja de renome de um sábio conhecido em todo o país por suas judiciosas lições, quis fazê-lo se atrapalhar na solução de um questionário.

— Ouça lá, ó devorador de livros! É certo que você sabe todas as respostas?

— Nem todas, majestade. Mas as mais simples, sim.

— Pois então, aqui vai: diga-me em três palavras o que é que pode ser a melhor de todas as coisas e ao mesmo tempo a pior delas.

— Majestade, é a língua humana.

— Como assim?

— Com a língua, fique sabendo Vossa Majestade, eu canto as magnificências de minha terra, a vossa bondade, a beleza das mulheres, a caridade das almas bem formadas. Com a palavra rezo a Deus nas alturas. Com a palavra eu me comunico perfeitamente com os meus semelhantes, a quem levo as boas novas e o consolo necessário. Com a palavra ensinam-se os filhos, louvam-se os bons e exerce-se a fraternidade. Com a palavra o homem participa do coro dos anjos, em hosana ao Senhor.

— É bastante. Realmente, a língua humana, veículo da palavra, é a melhor coisa que existe entre todas deste mundo. E como pode ser a pior, sendo tão excelsa?

— Com elas destroem-se reputações, podem-se tecer ardis, estimular a traição, simular, distorcer, alternar, mentir, caluniar...

— Chega! Chega! — bradou o rei.

E, para não ser tentado a destruir a vida do sábio usando a língua para dar uma ordem terrível ao carrasco (tratava-se de um rei justo), bateu palmas, chamando as bailarinas e os tocadores de alaúde:

— Vinde! Cantai! Louvai-me como a um soberano magnânimo, que acha a língua a melhor de todas as coisas.

O povo tem esquisitos nomes para a agressão feita com palavras traidoras, no anonimato coletivo; agressão que enxovalha individualmente, mas está na boca de todos, e faz com que o difamado desça na escala social e decaia no conceito. O exacerbamento da crítica à socapa, malévola, individual, é a calúnia. De todos esses graus da palavra negativa, o ápice é o escândalo, além do comentário à boca pequena, que destrói vidas.

Outro ataque anônimo da palavra é o trote telefônico. Esse vem a qualquer hora, sorrateiramente entra nas casas, ataca na sombra e na noite, impune, triunfante, desconhecido, não tem o rebate da consciência, porque quem usa desses métodos não tem consciência. Leva a vítima, pela insistência maldosa, ao desespero, à ira descontrolada e até à loucura.

O nome que vem da família, da mãezinha que embala o nenê, é palavra que acaricia. É o chamado hipocorístico. Luíza se transforma em Luluzinha; Maria será Mariinha, Mariucha; Roberto crescerá como Beto; Eduardo se economiza em Edu; e assim por diante. No esporte vem lá um Cafu, um Tupãzinho, um Viola, um Garrincha, nada que ofenda o próprio portador do apelido, nada que nos machuque os ouvidos.

Mas bem ao contrário disso temos a alcunha, nome que vem das ruas, que vem do povo.

O que dizer da alcunha?

Denunciadora da maldade do povo, a alcunha se reporta aos alijões da pessoa visada, a defeitos físicos, a atitudes bisonhas do ignorante e do canhestro, à deficiência intelectual, a doenças, à falta de sorte, a acontecimentos que envergonham, a escândalos, e a tudo o que compõe a corte dos males ridículos.

Ela constitui um ataque contínuo, miúdo, mesquinho, espinho em carne viva, câncer da maldade humana, pungindo implacavelmente uma criatura sem defesa.

Um fato notório é que, quando alguém é atingido por ela e não se ofende, sem se importar de ser chamado por um nome de intenção pejorativa, o apodo não pega. Mas, se o apelido vinga e a pessoa protesta, reclama, então é que é um gosto chamá-la por nome que não é o seu e que ela rejeita com tanta paixão.

Não falamos ainda do sarcasmo. Não falamos da ironia.

Não falamos ainda do palavrão, que fere, ofende, constrange.

O que leva uma criatura a escrever uma carta anônima? E não só escrever uma vez, porém muitas vezes, delatando fatos que se julgavam esquecidos ou escondidos, comentando deslizes, destruindo a paz das famílias, insinuando abjeções, espalhando a dúvida e a cizânia. E talvez até, depois da carta escrita e encaminhada, esse indivíduo vá à casa da vítima, grávido de palavras hipócritas, lamentando os dizeres torpes da carta e sugerindo nomes para o incógnito que a escreveu. E gozando, é bom de ver, com a mágoa e a ira que conseguiu despertar. Como devem rir interiormente, extasiadas com o seu feito, essas hienas de que ninguém suspeita!

O que leva, pois, uma criatura a escrever uma carta anônima? Timidez não será. Nunca se soube de carta anônima para elogiar, para glorificar uma pessoa. Ela pertence à face sombria e negativa da palavra. É inveja, é ressentimento, é fracasso, é medo. O medo é o pai monstruoso de muitos pecados.

São muitos os nomes com quem se agracia o fenômeno de bisbilhotar e documentar a vida alheia, nos seus aspectos menos favoráveis.

O boato, notícia sem confirmação, aparece nos tempos de crise, de guerra, de convulsões sociais, de rebeliões, de greves. Refere-se aos fatos, sendo uma teratológica mentira social. Tem em comum com a lenda um fundamento verdadeiro que, nos contatos sucessivos, vai mudando de forma, até que por vezes se torna irreconhecível. Raramente se pode detectar de onde surgiu. O boato é prejudicial, por vezes ameaçador, leva o povo ao pânico, as tropas ao fracasso, provoca o desalento, e não tem conteúdo estimulante nem otimista. Viceja, alimentando-se em solo rico de angústia, insegurança, medo, rancor. Cresce como as pragas, as epidemias, não sendo possível controlá-lo, até que, esgotada a sua cara explosiva, ele por si enfraquece e morre.

Na sua variante maligna, a língua é uma arma de destruição temível, seja escrita, seja falada. Arma de ódio. Arma contra os inermes. Arma de covardes.

Nossas histórias, nossa gente

O que me inquieta verdadeiramente em toda a movimentação da literatura infantil brasileira (ou da falta dela) é a eterna repetição dos temas antigos da literatura infantil vindos de outras plagas, e mal adaptados por nós, a ponto de nada terem, didaticamente, com a nossa maneira de ser de mestiços de subtrópico.

Não por falta de elementos. Nosso folclore é rico e muito pesquisado. Temos Luiz da Câmara Cascudo, Amadeu Amaral, o próprio Guimarães Rosa, e o Lobato dos primeiros livros.

Aconteceram outras contaminações:

Histórias de senzala, como a de Quibungo, foram registradas – um grande contingente. E veio dessa tribo toda uma teogonia e todo um reino de fadas: a Uiara, a Cobra-Grande.

Na prosa, os escritores não se importaram muito.

Porém, na poesia, por exemplo, Cassiano Ricardo contou: "Então, ele encontrou a Cobra-Grande, que disse: Eu tenho a noite. Deu-lhe um coco, para ser aberto apenas em presença do amor e da morte, ou da morte. No caminho, ouvindo o rumor das coisas noturnas, o índio não resistiu à curiosidade e abriu o fruto. Coisas extraordinárias aconteceram. Houve completa escuridão. A manhã que despontou depois de algumas horas matou o índio curioso espetado numa flecha de sol".

A índia, quando soube da morte do amado, "chorou tanto, que as gotas do seu pranto se tornaram estrelas… E algumas lágrimas que caíram pelos campos viraram pirilampos…".

Histórias que falam de um tal de Dito Salvador, índio puro. Morava do lado da serra. Pernas tortas, nariz em bico de águia, escurão, baixo, magro, seco, enxuto, calado, sem risos. Olhos repuxados nos cantos, tinha dentes magníficos, que limpava a poder de lascas de fumo, esfregadas com a saliva. Não usava enfeites tribais, ninguém sabia de onde tinha vindo. Aparecia na cidade de vez em quando, para comprar querosene e sal. O andar era deslizante, sem sacudir o corpo, como o de um gato. Tinha uma plantação de fumo num morro perdido, e lá morava com a família, que ninguém conhecia. Vestia-se da maneira mais comum, como um caipira. Calças riscadas, camisa xadrez, andava descalço. De vez em quando ouvia-se da banda onde morava um foguetório. Era o bugre que vinha com um esquifezinho de criança embaixo do braço, a espaços descansando-o no chão, para soltar foguetes. Que é isso? Está contente porque o filho morreu? O que Deus me emprestou estou devolvendo. Eu sei que foi pra bom lugar. É anjo. Por essa nova versão da história de Jó, presumia-se ter sido o bugre adotado por alguma ordem religiosa, ou ter sido agregado. Como se viu, tinha nome de cristão.

Que conheciam os índios? O sol, a noite, o rio, o macaco, a preá, a onça. Que queriam eles? Viver. Além do comer, do beber, do reproduzir-se, queriam também saber quem os tinha feito. Que faziam eles neste mundo?

Conforme Couto de Magalhães, a teogonia indígena se refere ao sol, Coaraci ou Guaraci, criador de todos os seres viventes. Jaci, a lua, mãe e esposa de Guaraci e mãe de todas as coisas, venerada e festejada, senhora de ritos.

A floresta que era o seu sustento, refúgio, casa, céu, despensa, tugúrio, propriedade, quem a protegeria? E veio o Curupira, Caapora, duende espantoso, protetor das matas e dos bichos. E veio Anhangá, dono da caça dos matos, espírito separado, demoníaco, às vezes bom, às vezes mau. Poderoso.

Desde os tempos mais primários, mais selvagens, até um grego do quinto século, até um Heidegger ou um Sartre, desde o homem das cavernas ao camponês bretão, do habitante da palhoça amazônica ao ocupante das mansões do Morumbi, todos querem explicação para o que lhes acontece, sem o que ninguém poderá tolerar em certos momentos negros esta negra vida. E aí está porque todos os contos ameríndios do Brasil são etiológicos e tentam explicar a cosmogonia ou a origem dos animais.

Os índios estão em nós, já o dissemos.

Diluídos na linguagem, por exemplo. Foram os falares indígenas que emprestaram à língua portuguesa, mais surda e mais martelada, a rica tonalidade brasileira, cantada, lenta, de vogais escandidas bem abertas e de sonoros nasalamentos. Isso na fonética. O vocabulário ficou milionário e original, de palavras nunca dantes conhecidas. Nomes de peixes, de plantas, de frutos, de animais: de répteis, principalmente da grande variedade das cobras, dos quelônios, dos bichos de pena e de pelo.

E os antropônimos?

E os topônimos?

E até na morfologia, apesar do seu extremo atraso e de serem os nossos indígenas um povo ágrafo, ficaram os sufixos e prefixos. Quem não conhece as fórmulas: mirim, guaçu, uçu, como em Imirim, água pequena, jararacuçu, jararaca grande; una, como em boiuna, a cobra preta, graúna, pixuna.

Taiova, urucu, cambará, embaúva, sapucaia, tajá, caraguatá, imbê, taituiá, suçuaiá, trapoeiraba, maracujá, sapoti, abacaxi, iguapé, tucum, pitanga, goiaba, jacaratiá, gerivá, taquari, ipecacuanha – são todos nomes indígenas de uso doméstico e cotidiano na região. E outros e outros.

E sanhaço, sabiá, saracura, arara, anum, nhambu-chororó, mutum, guará, paca, tatu, cutia, preá, capivara, anta, jacaré.

Em que língua do mundo há um vocabulário de tal música?

Um lugar onde se festejam as palavras

Com a palavra eu canto as magnificências de minha terra, a bondade do Deus celestial, a beleza dos homens e das mulheres, a caridade das almas bem-formadas. Com a palavra rezo a Deus nas alturas. Com a palavra eu me comunico perfeitamente com os meus semelhantes, a quem levo as boas-novas. Com a palavra, louvo os bons e exerço a fraternidade. Com a palavra o homem participa do coro dos anjos.

A língua, portanto, é a melhor e mais excelsa de todas as coisas humanas.

Mas, de todos os armamentos, de todos os venenos, de todos os recursos de destruição, nenhum é tão mortífero quanto a palavra. Ela, que pode ser consolada, blandiciosa, rica de ensinamento, pode também ser um martírio e até matar. Com ela destrói-se reputação, pode-se tecer ardis, estimular a traição, simular, distorcer, alternar, mentir, caluniar...

A língua, portanto, é a pior e mais maligna de todas as coisas humanas.

Eis aí o que define o autor literário: uma pessoa que se serve da palavra e dela é serva, para expressar conhecimentos, informações, sentimentos. O escritor é quem usa a palavra, veículo da língua, para integrar-se ao mundo e integrar o mundo aos seus leitores. A temática é secundaria. O médico, o religioso, o advogado que produzem literatura são, essencialmente, artífices da palavra. Daí, no fundamento conceitual, são escritores, embora profissionalmente exerçam outras atividades, sem o que não subsistiriam no mundo da mais-valia.

Faltava ao escritor, rigorosamente, um ponto de encontro para o exercício da dinâmica de equilíbrio entre os propósitos da escritura. Faltava até o fim do século XIX, quando Lúcio de Mendonça tomou a iniciativa de reunir os escritores que se agregavam em torno da *Revista Brasileira* de José Veríssimo. Da sessão de instalação da Academia Brasileira de Letras, no dia 15 de dezembro de 1896, participaram: Afonso Celso Júnior, Alberto de Oliveira, Alcindo Guanabara, Araripe Júnior, Artur de Azevedo, Carlos de Laet, Coelho Neto, Filinto de Almeida, Garcia Redondo, Graça Aranha, Guimarães Passos, Inglês de Sousa, Joaquim Nabuco, José do Patrocínio, José Veríssimo, Lúcio de Mendonça, Luís Murat, Machado de Assis, Medeiros e Albuquerque, Olavo Bilac, Pedro Rabelo, Pereira da Silva, Rodrigo Otávio, Rui Barbosa, Silva Ramos, Sílvio Romero, Teixeira de Melo, Urbano Duarte, Valentim Magalhães, Visconde de Taunay.

Machado de Assis, primeiro presidente aclamado da Academia Brasileira de Letras, defendia para o Brasil o modelo da Academia Francesa de Letras. Era necessário completar, então, quarenta membros. Foram eleitos: Aluísio Azevedo, Barão de Loreto, Clóvis Beviláqua, Domício da Gama, Eduardo Prado, Luís Guimarães Júnior, Magalhães de Azeredo, Oliveira Lima, Raimundo Correia e Salvador de Mendonça.

São Paulo seguiria o exemplo da capital federal em 27 de novembro de 1909, pelas mãos do carioca Joaquim José de Carvalho, médico e ensaísta. O primeiro presidente da Academia Paulista de Letras foi Brasílio Machado.

Hoje, um século inteiro depois, a Academia Paulista mantém o seu papel de cenáculo das letras paulistas e nacionais. Reúne, na medida do que lhe permitem as circunstâncias, o melhor da literatura paulista. Seus membros são os porta-vozes da sociedade literária paulista e vivem, labutam e postulam a comunicação. São pessoas que festejam a palavra.

Houve um que definiria de maneira lapidar o nosso mister, ou diríamos dever dos guardiães da literatura, ou talvez guardiães da palavra: já que a montanha não vem a Maomé, Maomé vai à montanha. (Com ele, a paz e a oração.)

Fala brasileira

E como agora houveram por bem os nossos governantes dar alguma atenção à cultura brasileira, é hora de lembrarmos o iniciador do movimento, digamos, caipira de nossa história literária.

Quando todos os nossos escritores repetiam as frases e o arranjo portugueses do nosso falar e escrever, surge aquele moço com uma invenção, o caipirês, e mais: documentando, que o caipirês não é uma questão de erres gordos e de palavras truncadas, mas ritmo, som, estrutura e sentimento brasileiro, e estilo nosso, tão respeitável quanto o de além-mar, tão aceitável quanto os falares do lado de lá. Que queria o tal escritor, um promotorzinho pouco mais que desconhecido?

Ele queria demonstrar que não podemos chamar de caipirês os nossos enganos, mas a nossa diferenciação. Diziam dele que queria ser original. "Que fique sozinho!" E sozinho ficou Valdomiro Silveira, em defesa de nossa identidade cultural falada e escrita, brasileira, documentada na pesquisa, no trabalho, na coleta séria, tenaz, paciente. Um bom par de anos. Humildade, isso?

Eu chamo de arrogância, só porque não tenho outro nome mais bonito pra falar. Ah! Tenho, sim. Era orgulho, o orgulho que até agora nos está faltando, o orgulho de ser brasileiro. Mas não era só a fala, nem eram as situações. Eram os tipos, o caráter, a fidelidade e a verdade de um brasileiro que Lobato caricaturou no Jeca Tatu, que Mário de Andrade mitificou no Macunaíma, que seria o herói em Guimarães Rosa, do *Grande sertão: veredas*, romantizado em Afonso Arinos, áspero no velho Graciliano, fechado em Amadeu de Queiroz, caipira simplesmente, sem romance, sem culpa, sem desculpa, sem grandeza, sem xingamento, sem remorso. Gente. De modo que, quando Miroel Silveira quis fazer o seu teatro caipira, com os tipos mais brasileiros, onde os iria buscar? Pois, no mundo caboclo de Valdomiro Silveira. Ali mora o Brasil exato.

Aconteceu que Miroel me convidou para escrever *Romaria*, uma peça de teatro a quatro mãos, experiência nossa primeira e única. O que tivemos de escrever e reescrever, até encontrar a palavra que contava e o que devia ser contado! Miroel metade contava, metade adivinhava e metade inventava. Ana Cabreuvana, a protagonista, era uma espécie de altar. Ela teve de ser arrancada das brumas em que vivia, em que era pisoteada, indefesa, solitária, mulher, para ser mostrada na sua integridade vital. A passagem mais difícil foi a fala de Nossa Senhora Aparecida.

A fala? Ah!, sim, a fala. Essa nos deu o que fazer. Primeiro Miroel escreveu. Não deu certo. Ele tinha um grave defeito: não era caipira. Depois eu escrevi. Não deu certo. Depois juntamos os dois textos e tiramos uma média. Piorou. Cada um reescreveu de novo em separado. O texto de Miroel ficou extenso demais; o meu, incompleto. Experimentamos intercalar as frases, saiu uma colcha de retalhos. Aproveitamos duas ou três frases e voltamos ao primeiro texto. A personagem começava a surgir na sua rústica verdade. Mas ainda faltava muita coisa. Miroel saiu mostrando os textos a não sei quem, aqui e ali, inclusive a Renato Teixeira. Um dizia uma coisa, outros diziam outra. Então começamos a trabalhar sobre dois desses textos: o primeiro e o penúltimo. Apara daqui, corta dali, acrescenta de lá. Aí eu entrei com o caipirês, que eu sou caipira, graças a Deus.

A Ana Cabreuvana surgiu completa, magnífica de coragem, ardente na revolta, firme na fé. Surgiu, viva, aquela cabreuvana, prisioneira de ter sido prostituta. Surgiu, viva, para sempre, sem nada de sinistro, somente o dia a dia, o mesquinho dia a dia, as acontecências e a imensa interrogação dos filósofos, dos poetas e dos contistas compassivos.

Comadre Marina

Há tempos que eu não via minha comadre Marina. Encontrei-a no domingo, carregada como de costume com as compras de mercado: "Ai, comadre! Cansada que nem lhe digo!". E contou que tinha tido a casa cheia nesse final de semana, por causa do aniversário da Lila. "Os quinze anos, comadre! Que luta! Fora os de casa, vieram os cunhados, dois irmãos do Gentil, as esposas, os filhos, e mais uns moços, amigos deles."

— Tive uma trabalheira, porque você sabe que eu gosto de receber na minha casa é para tratar com o maior prestígio. Também hoje é que saí um pouquinho. Deixei o Gentil em casa, apascentando as crianças. Ele está de folga. Você está rindo porque a folga do Gentil é para apascentar crianças? Ché, boba! Ele não faz nada. É que, se algum cair e quebrar uma perna, ele está ali para providenciar. Até esta perante data, ele nunca se mexeu para limpar o nariz do Joãozinho que seja. Eu, além de caminhar sem nexo a manhã inteira, fazendo compras, ainda tenho que chegar e dar um duro que nem lhe conto, no fogão e no tanque. Ai, vida!

A última vez que vi minha comadre, ela estava com o cacoete do sorriso alvar. Disse, entre outras coisas, que a sobrinha tinha ficado noiva.

— Sabe, comadre, noiva profissional, com aliança e tudo. Casal bonito, um amor! Só vendo! os dois na mesa, com um sorriso alvar que até comovia a gente. Meu irmão não queria. Diz que o moço ganha pouco. Você sabe que o meu irmão sempre foi popético e bissoluto, mas amor firme vence tudo.

— Popético o seu irmão, não?

— Demais. O casamento da mais velha já foi contra a vontade dele. Os carros saíram da casa do avô...

— Não será despótico? — Eu perseguia aflita uma significação que me escapava.

Marina se limitou a erguer as sobrancelhas, sem se interromper.

— ... agora está de dentro com o genro. Andam os dois de cama e mesa. Nem parece que estavam a ferro e fogo, um contra o outro, há pouco tempo. O Cândido até emprestou o dinheiro para o João levantar a buteca.

— A butica, você quer dizer.

— A buteca, comadre. Buteca. Você é surda? A buteca da casa.

— Ah! Hipoteca...

— Pois, buteca. Não é o que estou dizendo?

Isso foi de outra vez. Agora Marina não quer nada com o sorriso. Puxei a conversa para as festas, os aniversários, os presentes. Para a festa de formatura, dia dezenove.

— Você vai, não é?

— Eu, não.

— Mas a sua menina se forma. Estaremos todos lá com um sorriso alvar.

E aí levei um susto. Comadre Marina me olhou de esguelha e interpelou, com um arzinho irônico:

— Sorriso alvar? Que é isso comadre? Que besteira é essa?

E eu que pensei que tinha aprendido. Ai, vida!

Mário de Andrade e a linguagem

A linguagem de Mário de Andrade constituiu, em parte, o desiderato do Autor, que era abrasileirar o português do Brasil. Agora nos causa uma impressão senão de artifício e de postiço, pois disso nos salva a genialidade do grande modernista, causa-nos uma impressão de atitude estudada, de intervenção indébita na língua. O que a esvazia da sua Verdade.

Mário Neme, em artigo a respeito de Mário de Andrade e Antoninho de Alcântara Machado, na *Revista do Arquivo Municipal de São Paulo*, sai-se com esta apreciação: "Sinto que falta alguma coisa de mais puro, de mais natural, de menos pensado na linguagem do Mestre. É que Mário de Andrade, intelectual puro, está muito alto, culturalmente, para se identificar com a massa".

Todavia, Sérgio Milliet nos dá seu depoimento, exatamente contrário: conta-nos de uma senhora que estava traduzindo para o francês os contos de "Belazarte"[8], pouco depois da morte de Mário. "Trabalhamos, a tradutora e eu, duas manhãs inteiras, na procura das melhores soluções, e foi aí que, relendo os contos tão meus conhecidos, tive a oportunidade de observar até que ponto essa língua de Mário de Andrade era brasileira." Boa parte daquilo que se classificou como pernóstico e que tanto chocava o leitor pacato de suas crônicas ou de seus livros deve atribuir-se a essa

---

[8] Referência ao livro *Belazarte*, de Mário de Andrade, publicado pela primeira vez em 1934. [N. E.]

constante solicitação do Brasileiro, em Mário de Andrade. Assim como, na época das primeiras colonizações, os jesuítas incentivavam a expansão da língua geral, dando-lhe uma estrutura sintática vocabular, Mário, em nossos tempos de regionalismos literários, tentou descobrir e cultivar o denominador comum do português falado no Brasil.

Então repitamos com Manuel Bandeira:

"A sua finalidade era a unificação psicológica do Brasil. De fato, Mário de Andrade viveu e produziu sempre em função desse destino que se impôs, como um apostolado".

Sabemos que Mário de Andrade foi o propulsor e o estruturador do Modernismo brasileiro, em literatura e quiçá nas outras artes, porque deu o primeiro impulso e ficou, à maneira de um Atlas, sustentando um mundo. Em função desse gigantesco destino, ele foi, ao mesmo tempo, o Realizador e a Vítima dos caminhos e descaminhos da tendência nacionalista. Aceitou como força vital a Literatura, e, em última instância, a Palavra, tocando, por si só e por si mesma a significação total do Ser.

Mário foi o que lutou, tentou, tateou, intuiu, estudou, fez, desfez, e refez caminhos. A sua luta foi tremenda, tremendo foi o seu drama, tremenda a sua intransigente honestidade.

Não entendemos por que, com a excelência de seus livros, com a sua linguagem brasileira, a sua obra não é exaustivamente indicada, repisada, incluída em todos os vestibulares de todas as escolas do país.

Fizéssemos isso e nos tornaríamos talvez independentes da nossa atual galopante involução, involução essa comandada por todas as nossas mestras eletrônicas.

Macacos do subtrópico

Ouvi dizer que se cogita reformar o ensino do português, casta linguagem, o que não é sem tempo, porque um número cada vez maior de brasileiros, ditos alfabetizados, alguns até de beca e capelo (vide a enorme, escandalosa reprovação de nossos advogados na OAB), está falando cada vez pior. Todos nós estamos falando cada vez pior.

E escrevendo idem, idem. E não me venham dizer que se trata de evolução da língua. Que já mudamos os tempos e modos do verbo. Que alteramos a significação das palavras. Que a época é outra. Que o nosso vocabulário é formado por três línguas. Que não se usa falar de maneira empolgante, só nos palanques em campanha eleitoral. E nos púlpitos. Que a colocação dos pronomes... que Portugal... que o Brasil...

Não é nada disso. Trata-se puramente de empobrecimento devido a quatro causas: educação péssima, principalmente a oficial, desleixada e abandonada. Falta de leitura. Parco vocabulário. Preguiça. Há pouquíssimas expressões, para todos os gastos. Exemplos: legal, bacana, roubada, dar bronca, quebra-galho, ficar, ô cara! Artista de TV abre a boca, e você já escuta: Espetacular! Esse povo maravilhoso!

E não estou falando de juventude. Falo dos brasileiros em geral. O empobrecimento vocabular dificulta e acaba por impedir o pensamento. Como poderemos distinguir, discernir, compreender e sobretudo pensar, sem palavras? Precisamente o grande Paulo Rónai situa o mal de não ler, de não saber ler, de não gostar de ler, no fato de ser esta uma geração sem palavras.

A palavra nos tornou humanos. A palavra nos eleva até Deus, que era o verbo antes de se tornar carne. Claro que falo da palavra rica, variada, justa, exata, própria, única, expressão do pensamento, e não da meia dúzia de palavras que todos usam no gasto cotidiano. Que qualquer papagaio decora e repete e continua repetindo, sem dizer nada.

A vida deve ser simplificada, é o que se repete a cada momento. Então simplifiquemos a linguagem. Ora, a vida não ficará menos complicada por isso. Muito pelo contrário, recorreremos a cada momento à gíria, à catacrese: folha de papel, dente do serrote, nariz do avião, braços da poltrona, pois em face da riqueza e da proliferação da matéria, da criação e diferenciação das coisas, em razão mesmo da tecnologia, a linguagem se mostra insuficiente. Não teremos cá um novo Adão para nomear os seres e as coisas, como nos conta o Livro dos Livros.

Afirma Goethe que estamos no mundo não para ser felizes, mas para cumprir nossa obrigação, mas para pensar, se é isso que nos distingue dos animais.

Alguém disse que estamos no mundo para felicidades?

Descemos há muitos milhões de anos da árvore, à qual nos agarrávamos com as quatro mãos e o apêndice caudal.

Já que descemos, que não nos aconteça subirmos outra vez, por excesso de simplificação.

Folhas de cebola
escrever o Brasil

III

De folhas
de cebola

De acordo com a lenda, e em parte segundo as narrativas do Evangelho (como o conhecemos), São Pedro, o velho pescador Simão, era ignorante e cabeça-dura. E relativamente a esse pobre personagem, o folclore ainda o trata pior. Correm histórias e histórias do bom chaveiro em que ele desempenha mesquinhos papéis. Mas, por sua fé, sua boa-fé, sua ingênua confiança, sua bondade, e mais, por seu amor Àquele triste Deus arremessado do céu à derrisão e ao Calvário, mereceu o galardão e as alturas a que chegou.

Popularmente diz-se que a mãe de São Pedro era avarenta e má. Tão ruim que, quando morreu, apesar do parentesco real com um dos grandes santos do céu, "assim" com Jesus, não pôde entrar no céu. Lá foi a triste ferver no caldeirão das almas perdidas.

Caiu no inferno, dizem, não tem mais jeito, não. Acabou. Até os poetas, que são gente de quimera, sabem disso.

"*Lasciate ogni speranza, voi ch'entrate*"[11] ou qualquer outro aviso nesse sentido. E então pôs-se o filho a pedir a Deus que lhe salvasse a mãe. "Eu no céu e minha mãe no inferno. Tem dó, meu Bom Jesus. Não fica bem pra mim, nem pra nós."

Sabemos que ele era turrão. E tanto importunou o Mestre e o Pai, que o Divino Arcano sentenciou:

---

11 "Deixai toda a esperança, ó vós que entrais." O verso está na porta de entrada do inferno, diz Dante Alighieri, na primeira parte de *A divina comédia*, obra escrita entre 1310 e 1321. [N. E.]

— Arre, diacho, que você não me dá sossego! Procure um gesto bom, um só que seja, solícito, solidário da sua mãe, e nós vamos dar um jeitinho (devia ser um céu brasileiro).

E toca o pessoal celeste a procurar um ato bom para a redenção da mãe do celestial porteiro. E tanto devassaram, que acharam. Um dos membros da Legião chegou correndo para contar o seguinte: Estava a mãe do chefe lavando roupa no riacho, alguém deixou cair uma folha de cebola no carreiro das formigas. A mãe arredou a folha para as formigas passarem. Hosana ao que vem em nome do Senhor! Veio o céu em peso trazer em charola a folhinha, todos cantando. Entoaram as ave-marias, inclusive a de Gounod, a salve-rainha, o salmo vinte e três, e muitas músicas gospels. São Miguel Arcanjo, que é da área, apareceu para pesar a folhinha de cebola. Pesou tanto e enrijeceu tanto, que por ela iria subir ao céu a pecadora. Amarraram uma ponta de cebola no céu, outra na outra zona do inferno em que residia a mãe de São Pedro. Esta, avisada, logo agarrou a cebolinha e foi sendo arrastada para cima. E flutuava a caminho do céu, feliz da vida.

Não me venham falar de impossibilidades, que do lado de cima ninguém entende disso.

Lá embaixo, algumas almas que passeavam, sem muito o que fazer, e pelo caminho algumas almas flutuantes que dizem que não podem ficar no inferno, mas também não têm crédito suficiente para entrar no céu, foram vendo aquele movimento. Indaga daqui, indaga dali, se deram conta do assunto e correram a pegar carona na folhinha mágica de cebola. Essas não tinham filhos amigos do chefe.

E eram cachos de almas perdidas, penduradas na tal folhinha milagrosa.

A mãe do Pedro, vendo aquilo, tremeu. Tremeu e temeu. Não fosse a folha arrebentar! E pôs-se a chutar as almas que chegavam mais perto, ao mesmo tempo em que vociferava: "O filho é meu. A folha é condução minha". Ao peso de tanta maldade — ou, se preferirem, de tanto temor, a folha arrebentou, as almas tornaram a mergulhar no seu inferno, e com elas a mãe de São Pedro.

Vamos ter que fazer alguma coisa agora, para não termos de confiar em folhas de cebola. É agora, enquanto é tempo. Já nos avisava o Eclesiastes, não descuidemos do tempo.

Há o tempo de rir e o tempo de chorar, o tempo de esquecer e o tempo de lembrar. O tempo de saber e o tempo de suspeitar. O tempo de ser sindicalista e o tempo de ser presidente. O tempo de aguentar e o tempo de votar.

Em tempos de paz?

Foi uma bela ideia que me veio, embora o cronista, a bem do seu sossego, não deva ter ideias. Bastam-lhe as belas palavras. É a época da volta para a escola e da chamada para o alistamento militar. Moços de dezoito anos estão se ocupando com assuntos mais sérios que a namoradinha de um amigo meu. Uns têm alguma vivência, os operários afeitos à labuta cotidiana, os que vêm da roça familiarizados com o manejo do guatambu, os que trazem da rua tristíssimos hábitos. Mas vede-os! São os que têm mais saúde, dentes mais bonitos, mais altura, mais desempeno, os de sentidos perfeitos, em suma, o que de melhor se consegue nesta terra. Vêm rijos, irrequietos, estão em idade de aprender. E o que aprendem?

Numa terra em que tudo ainda está por fazer, não pode haver desemprego. E está havendo. No entanto há trabalho de sobra para todos; basta que cada um saiba fazer alguma coisa. Os empregadores bradam em todos os tons, que precisam de gente que saiba trabalhar. O desemprego é da mão de obra não especializada. É o rebanho que bate arrebites, ou carrega tijolos, ou varre os pátios, é essa pobre gente que está desempregada, dizem as estatísticas. Para atenuar esse estado de ignorância, alguma coisa foi feita com as escolas industriais, Senai[9], fundações. Mas que gota d'água no Saara da besteira nacional! Muitos, muitíssimos, quase todos, não podem se preparar porque têm de trabalhar para comer.

---

9 Serviço Nacional de Aprendizagem Industrial. [N. E.]

As Forças Armadas arrebanham esses moços, em estado de crescimento ainda, reclamando ensino, flor e promessa do Brasil de amanhã. Vestem-nos, calçam-nos, alimentam-nos como alguns deles jamais o foram antes, disciplinando-os e governando-os, conservando-os na caserna por um ano.

Para quê?

Aprenderão o manejo de armas e que o seu dever cívico é defender o Brasil. Saberão como fazê-lo numa guerra. E na paz? E quando saírem do quartel, depois de um ano? Os que vieram da roça para lá não voltarão, desacostumados das lides da lavoura, o que constitui grave problema.

Por que não aproveitar esse ano, esse tempo que sobra, essa disciplina, essa comida, essa roupa e essa oportunidade para torná-los cidadãos eficientes dos exércitos da paz e do trabalho? Por que não lhes ensinar marcenaria, tipografia, mecânica, ofício de barbeiro e de sapateiro, de pintor, de encanador, de cavalariço? Por que não os ensinar a assentar tijolos e a desenhar, a cultivar a terra, a misturar adubos, a jardinar, seja lá o que for?

"Aqui se aprende a amar e defender o Brasil." Está escrito na fachada de um quartel da capital, e isso evidentemente é verdade, mas não toda a verdade, pelo menos não tanto quanto poderia ser.

Teatrocracia

Porque a terra é redonda e nossa vida também é, a gente dá duas voltinhas e vai parar na Grécia. Que culpa temos nós de que a sua filosofia seja tão profunda e poderosa, tão arguta e sábia que nos revelou a nós mesmos e revelou as sociedades a si próprias, com uma dolorosa verdade?

Os gregos viviam muito mais nas ilhas que nos continentes. Muito mais no mar que na terra. O excesso de mar fez deles navegantes. Eles conheceram a solidão, dias e dias sem paisagem, somente mar e céu, dias e dias em que o marulho das ondas, sempre igual e sempre repetido, à força de ser sempre o mesmo se transformava em silêncio.

Os lusitanos também padeceram de solidão, de mar sempre azul, do toque do silêncio e do beijo da morte. Nem por isso se deram às grandes interrogações. Nem por isso os inquietou o mistério da natureza humana. E o que é mais. Com esses carismáticos e cabulosos gregos, o que eles inventaram, descobriram, filosofaram, usaram e viveram permaneceu para sempre. Jamais algum povo foi tão fundo nas almas.

Eu não queria falar em Platão. Mas ele descreveu tão bem e analisou a nossa campanha política, e o desempenho dos candidatos, portanto é mister esquecer o quanto somos maiores que ele só por termos o avião, os computadores, os inefáveis programas de TV e passarmos a concordar com aqueles que dizem sermos maiores que Platão, porque estamos em pé sobre seus ombros.

Vamos às eleições. Platão menciona uma fauna que se escondia numa forma de se exibir, de existir, de disputar a governança, e em seguida de governar, que batizou com o nome de teatrocracia.

Basicamente era uma batalha eleitoral, uma campanha corpo a corpo. Parecida com as nossas campanhas, não somente na organização, mas no espírito. A própria vestimenta era um fingimento, uma hipocrisia, para dizer o menos. Apresentava-se o pretendente vestido com a roupa cândida, a vestia branca, sem mancha, impoluta, ostentando absoluta honestidade. Daí o nome candidato.

O candidato não era mais o homem. Era um personagem. O poeta é um fingidor. Um político também. Finge tão completamente... etc. etc.

E, como aquele que anseia pela dominação é uma criatura humana, com todos os seus anseios e todos os seus defeitos, ele quer parecer bom aos olhos dos outros, quer conseguir tudo à força de superioridade, é o honesto, o impoluto, o sem mancha. E assim se mostra.

A nossa teatrocracia tupiniquim se manifesta em dois estágios: o antes e o depois. O primeiro capítulo é: eu fiz e eu vou fazer. *Eu fiz* o Cristo do Corcovado, as cataratas do Iguaçu, a ponte de Niterói, a criação de jacarés do Pantanal, e *eu vou fazer* que chega ao delírio. E as promessas: vou tirar todas as ladeiras da cidade, para que o coitado do idoso não tenha que se esforçar muito. Deixarei só as descidas. E o sorriso alvar. E os apertos de mão. E chamar cada um pelo seu nome. E as palmadinhas no ombro. E as promessas mirabolantes? E pegar no colo os filhos dos pobres? E a paciência? E a cordialidade? E a alegria? E a incansável atenção a todos? As palavras melífluas, o agrado. Enfim, é a teatrocracia.

A segunda parte, isto é, o segundo ato da peça estrelada pelo candidato, não comporta referência, porque o candidato sumiu. Ele voltará com o mesmo sorriso, a mesma túnica branca e os mesmos agrados na outra eleição.

"Até quando, até que dia, Catilina, abusarás da paciência nossa?"[10]

---

10 Referências às *Catilinárias* de Cícero, uma série de quatro discursos famosos proferidos pelo político e orador romano contra Lúcio Sérgio Catilina, senador romano envolvido em uma conspiração para derrubar a República Romana no ano 63 a.C. [N. E.]

As malas artes da política

Era uma vez um moço chamado Pedro de Malasartes. Era malandro demais, enganava qualquer um que encontrasse. Ele tinha uma pedra com um buraco do lado, meio oca até no meio. Nesse furo cabiam quatro moedas. Ele tinha algum dinheiro na gibeira, e arrumou dentro da pedra, bem direitinho, tampou com cera e foi andando. E seguiu em frente, e andou mais um pouco, e viu um homem com um rebanho de ovelhas.

"Opa! Esta é minha vez de ganhar dinheiro."

Deu de encontro com o homem e disse:

— Achei uma pedra mágica.

— Como você disse?

— Achei uma pedra mágica.

— Não acredito. Isso é piada.

— Quer ver? — o Pedro perguntou e deu umas sacudidas na pedra, gritando:

— Me dê dinheiro aí! Vamos! Me dê dinheiro aí!

O dinheiro voou de dentro da pedra, e o homem abriu uma boca deste tamanho, espantado.

— E não é que é mesmo?

O Pedro contou vantagem:

— Eu não falei, seô?

Aí o outro quis barganhar o rebanho inteiro pela pedra.

— 'cê pensa que eu sou bobo? Daqui desta pedra eu ranco dinheiro quando eu quero.

Depois de muito discutirem, fecharam negócio. O homem entregou as ovelhas, e o Pedro deu a pedra sem volta.

Pedro de Malasartes apurou uma boa grana com a criação, e o outro ficou feito bobo gritando:

— Pedra! Me dá milhão! Pedra, me dá um milhão.

E assim se acabou a história.

Parece que acabou em pizza a inútil descoberta da fraude.

Nós, que seguimos ao vivo, passo a passo, o conto folclórico, vemos que as descobertas de fraudes não estão nos ajudando. A história vai passo à frente, passo atrás, passo atrás, passo à frente, e nada muda.

Adiantou Pedro I proclamar a independência? Adiantou mandarem embora o segundo Pedro? Adiantou darem uma rasteira no Collor? A corrupção esteve e está. Quem ganhava dinheiro está ganhando dinheiro, e quem não estava continua não estando. E certa deusa de olhos vendados continua de olhos vendados.

Para mudarmos o cenário, vamos variar de pergunta. Adiantou, a não ser politicamente, fazer CPIs? Adiantou organizar e "trabalhar" nas CPIs? O Legislativo está mais honorável? O seu sistema de trabalho é o mais sério e o mais recomendável? E o aumento de salários em causa própria?

E o sistema de trabalho em nossas altas câmaras? Estão os membros de nossas altas câmaras de cabeça erguida ou o sistema ainda é o mais sorrateiro?

Empregar os sobrinhos, os inefáveis nepotes, como se chama? Ou não se lembram mais? E dobrar o seu próprio estipêndio, de um dia para outro, sem discussão, enquanto milhões de salários continuam mínimos e gritam de fome. O que é isso? "Esses" lutam contra a corrupção, e não temos outros paladinos a não ser os que pusemos lá.

E estão querendo empurrar-nos uma pedra de onde brota dinheiro. E nós vamos comprá-la com os nossos aumentos e os nossos impostos. Salvo seja!

Democracia

Há uns tempos noticiaram os jornais o advento de novas experiências para ludibriar a Morte, a Indesejada das gentes. Trata-se do congelamento de doentes incuráveis. E eles terão a vida em suspenso por um longo período. Serão descongelados quando a ciência tiver conseguido a cura para os seus males.

A Primeira Grande Guerra trouxe a descoberta das sulfonas e a cura de doenças não somente mortais, mas horripilantes, como a lepra. Com a Segunda Grande Guerra apareceu a penicilina. Dali para diante, era para ninguém mais morrer de pneumonia e nem sofrer de moléstias infectocontagiosas, especialmente as venéreas. Com mais uma guerra mundial por aí é possível que consigam os cientistas a cura da Aids, quem sabe até da calvície e da erisipela.

Por enquanto a única instituição verdadeiramente democrática que temos é a Morte. "A morte não escolhe" – dizia minha avó, sempre que o sino grande da matriz, blen-den-den, dão-dão-dão, bronzinava por algum ricaço da paróquia. "Chegou o dia, não tem este nem aquele, tem que ir."

Era lindo aquele modo de pôr as coisas. Era categórico. Era justo. Era duro. Morreu João Vermelho. Ah!, não tem este nem aquele. Morreu compadre João Emboava. Não tem este nem aquele. Morreu o governador de São Paulo... não tem este. Morreu o Papa.

... nem aquele.

Fora essa atuação soberba da Ceifadora, é muito discutível a alegação de sermos iguais. Em primeiro lugar todos nascemos diversificados. Todos nascemos aqui e ali, sem escolha. Alguns nascem aqui, outros ali. Uma é a rainha da Inglaterra, outra a Maria Caxuxa do bairro, feia, banguela, pintada, babando e xingando.

Pois sim, as oportunidades iguais! Quando a chuva inunda Caraguatatuba, o sol estorrica o Cariri. Uns têm QI 75, alguns atingem o QI 180.

No entanto, para consolo definitivo do nosso senso de justiça, a Morte era igual para todos: oportunidade, meios, tempo, tudo igual. O dia de morrer era o dia de morrer. Minha avó podia pôr a sua confiança num deus que não transigia com a riqueza, nem com a posição social, nem com a beleza, nem com a ciência, nem com a santidade. Não tem esse nem aquele.

Vão me dizer que assim como a Morte é para todos, a criobiologia – isto é, a arte de congelar para esperar futuras curas milagrosas – também será. Todos podem adiar o seu dia (o mesmo se diz da lei. E para quem vai o rigor das penas?).

Criobiologia para todos? Não me façam rir! O serviço público para a saúde está com os aparelhos quebrados, a verba estourada, não se faz internação, não há remédios. E para os convênios particulares *hay que tener mucha plata*.

Eu sabia que com tanta descoberta iam acabar desmoralizando a própria Morte, que, nos tempos antigos, praticava verdadeiramente a Democracia.

Barack Obama

Já sabemos como o governo encara as essencialidades. O povo tem que tomar em suas mãos a direção dos movimentos e para isso tem que ser esclarecido.

Quem poderia esclarecer o povo? O padre? O professor? A mãe e o pai, em casa? A sociedade? A polícia? A televisão? Os jornais? Vemos, pois, que a mais importante de todas as prioridades é a educação. É o ensino em todos os níveis. A educação informal, a escola organizada, os bons livros e os bons exemplos. As atividades construtivas. O despertar de um sentido crítico de vida, de um pensamento raciocinante em cada um.

O que temos, no Vale do Paraíba, como escola para todos? Sabemos que a rede estadual de ensino gratuito – gratuito é um modo de dizer, porque é pago antecipadamente, com os nossos impostos –, pois dizíamos que a rede de ensino estadual está fracassada, é superficial, ineficiente e pouco séria.

Vamos voltar à incompetência do governo em resolver os problemas prioritários. O PIB do Vale do Paraíba, formado pela somatória do resultado das trinta e nove cidades que o compõe, supera o de catorze estados brasileiros: Amazonas, Mato Grosso, Maranhão, Mato Grosso do Sul, Rio Grande do Norte, Paraíba, Alagoas, Sergipe, Rondônia, Piauí, Tocantins, Amapá, Acre e Roraima. Os estados têm a sua universidade. O Vale do Paraíba, que vale por vários estados, que liga as duas capitais mais desenvolvidas do país, que tem uma população de milhões, que tem um parque industrial que pesa na balança de exportações, que tem uma pecuária que, mesmo sendo pastoreio, influi na economia nacional pelo volume, pois o Vale do Paraíba tem três ou quatro unidades estaduais.

O estudo superior é aristocratizante pelo preço que deve ser pago às escolas particulares; é proibido ao povo, porque fica longe das cidades do povão, do fundão, longe das cidades mortas, e dos vilarejos, das cidades pequenas e dos aglomerados do proletariado. É mister lutarmos para obter universidades, implantadas mais ou menos no meio do médio Vale, para servir ao maior número e para fazer aflorar as inteligências perdidas por aí, na juventude pobre. Bolsas para os primeiros alunos, os brilhantes alunos que se destacam e às vezes não passam de algum caipirinha pé no chão, bolsas de estudos para esses, quem já ouviu falar nisso? E, por favor, nada de cotas, nada de esmolas, vamos passar à meritocracia.

As providências tomadas não são para melhorar a criança, não passam de paliativos, esmolas disfarçadas que não servem de nada. Isto é, servem, sim, para humilhar o pobre, para que ele se sinta bem em sua pobreza patrocinada, e não reclame. Grandes blefes o tíquete do leite, a merenda escolar. Providencie-se o salário justo, fundem-se escolas para o preparo de profissionais competentes, promova-se o pai, que não será preciso dar esmolas ao filho.

Escola não é lugar de refeições, lugar de comer é em casa. E essas Apaes, sem as quais as escolas não funcionam por falta de condições? E apoiados nelas os governos deixam de cumprir sua obrigação.

Os professores fazem festas de São João, bingos ilegais, rifas idem, e assim são mantidos precariamente: a higiene da escola, um jardineiro, um bibliotecário, os inevitáveis consertos devido à ação do tempo, ao uso e ao vandalismo – e a verba para a manutenção da escola, como deve ser, onde vai parar? Que foi feito dela?

E Barack Obama, do título desta crônica, onde é que fica? Eu é que me pergunto: o que veio fazer tal senhor em nosso país? Mudou alguma coisa? Mudará? O governo está tratando de essencialidades quando aperta a mão de nossos vizinhos norte-americanos? O povo foi esclarecido?

Os sem-ofício

Li um bocado nos jornais e fiquei inspirada a respeito de resolver ou não essa história de PAC e outros assuntos congêneres. E essa balela de transformar a pobreza em classe média? Então o que estamos vendo é o treinamento do consumidor para o desfrute do inútil. Não parece que alguém esteja tentando diminuir a pobreza. O próprio Cristo já dizia que nós teremos para sempre o pobre, o que não nos consola. A verdadeira pobreza é a falta de esclarecimento, a ausência do poder profissional e a não criatividade. Com vistas a essa avaliação, não temos governo de pobres, entretanto somos um povo de pobres. Somos pobres vivendo enganados e confortavelmente em nossa pobreza, na qual nem acreditamos. Tão doutrinados e apáticos, estamos tão bem em nossa inércia, que nos tornamos gordos e apáticos para sempre, sem luta, sem existir, como os porcos de Lobato[12] em sua lama.

O que é necessário combater? A satisfação do pobre dentro de uma pobreza patrocinada. O voto negociado. A compra de votos. A bolsa-esmola. Os patrocínios. As prestações. A compra de bens e de serviços.

Como aprendemos a honestidade e o trabalho?

Onde? Quando?

Não temos mais as prendas caseiras. Não se toca violão de orelhada, não se faz serenata, não se brinca de roda e de "seu ratinho está em casa", na rua, diante das casas. Quando não conseguimos emprego, não sabemos fazer nenhum serviço. Não fomos preparados. Não temos nenhum ofício, não desenvolvemos nenhuma criatividade.

---

12 Ruth Guimarães se refere a personagens do escritor Monteiro Lobato. [N. E.]

Se não se tem emprego, o desempregado não consegue fazer nenhum serviço. Estimulamos a competição e a imitação. Acaba-se com a iniciativa. E eis-nos enfim transformados em rebanho.

Outra consequência: queremos que o governo faça tudo. E o sonho dourado de muitos é ser funcionário do governo, pau-mandado.

Mas falta energia para exigir o devido. Mas falta discernimento para distinguir o que é devido.

Ah! Quem nos educará? Quem nos mostrará o caminho?

A religião perdeu a força e não mais nos dirige. Quem manda agora, quem molda agora é a televisão. Depois de tanto desmando, de tanta confusão, tanta guerra, tanto desacordo, tanto egoísmo, praticamente que diferença faz que mande Deus ou que a Globo mande?

E acontece que o emprego já está aí. O fantasma dos pobres. E quem preparou quem para enfrentar os duros tempos de crise? Onde estão os tradicionais ofícios de subsistência? Onde se aprende a ser barbeiro, sapateiro, serralheiro, ferreiro, pedreiro, o que tira leite, o que faz a arca, o que tece a esteira, o que recorta o pilão, o que planta e colhe, o que conta história e o que toca viola e sanfona?

Quem nos ensinará a amar o trabalho? Onde estão os homens e as mulheres desempregados utilmente? Gente do ofício, do serviço e não do emprego, onde está? Onde estará?

Trocamos nossos valores, essas preciosidades, por valores de mercancia. Primeiro, o pensar e o conhecer não estão na moda. Segundo, o ritmo adoidado da vida não deixa tempo de pensar. Terceiro, o mundo cresce em velocidade, variações e novidades. A cada novidade, acumulamos mais uma experiência de desutilidade, com o perdão para o neologismo. Ficamos escravos de mais uma necessidade que não nos serve para nada. Porque não nos faz crescer em alma e dignidade. O automóvel, os estofados, os edifícios, em que nos acrescentam? O microfone, a caixa de som, o alto-falante nos deixam surdos. Não há invento que o uso, o abuso, o mau uso não transformem em inimigo da humanidade. O microfone, a caixa de som, o alto-falante nos deixam surdos, foi o que acabamos de dizer. A serra elétrica, a motocicleta, o urutu, a polícia, a democracia, os chefes de governo e os políticos.

O que mais perdemos com a nossa mítica modernidade é o valor de cada um como personalidade humana, como pessoa.

A pobreza modernizada desconhece o desemprego útil.

E agora, José?

Da cidade assassinada

Tocaram certa vez os sinos, em desatinado alvoroço, quando uns homens empedernidos da minha terra espancaram uns missionários. Um dos religiosos foi empurrado, em outro deram-lhe pontapés. Esse do pontapé caiu sem dizer palavra. Apenas olhou para o céu como se o estivesse tomando como testemunha de tamanha iniquidade. Justamente nesse momento o sino desandou a badalar. Os tais homens empedernidos de minha terra entrepararam indecisos, não fosse aparecer alguém com a ideia boba de que em padre só se bate da coroa pra cima.

Subiram à torre para ver quem tocava, e na torre não estava ninguém. O repicar do sino não mais se fazia ouvir, mas a corda ainda balançava. De leve, de leve. Talvez o vento. Esse diabo desse sino enfeitiçado, resmungou um deles, esquecido de que estava dentro da igreja.

Os homens foram embora para casa, silenciosos, mas muito silenciosos mesmo. Além disso, com uma certa pressa.

Sobre o caso caiu um insólito silêncio. Nem de boca a ouvido se espalharam os comentários. O povo começou a andar de cabeça baixa sem trocar saudações, nem comentários, nem notícias. Sem risada, sem alegria, mas também sem brigas, sem protestos, sem acontecimentos, sem apitos de trem, sem buzinas, sem gritos de criança. Dormindo ou morrendo? Parecia que tudo iria ficar como estava, e aí deram de notar, depois da chuva, no local onde havia caído o missionário, pasmem!, ali não chovia. E então se dizia a *bocca chiusa*: "É o preço do pontapé...".

Para acabar com a testemunha incômoda, foi construída, acima da porta indiscreta, no começo da pequena escada que da sacristia dava para a rua, uma espécie de toldo de lona, com uns enfeites azuis, e ninguém mais tocou no assunto.

Quase todas as cidades do Vale do Paraíba se parecem com essas velhinhas rezadeiras, de saia comprida e de chinelos, que vestem os mesmos vestidos das avós de antanho. Não vão nem para a frente nem para trás, e acreditam. Como acreditam em tudo quanto se lhes diz! E como nada se faz de vivo, de trepidante, de pra frente, a cidade, a minha terra, virou a Bela Adormecida. Podemos contar histórias da história delas e podemos acreditar que estão encantadas. Aqui não se fala em crise, nem monstruosa, nem marolinha. Aqui não se atribui ao mau governo a decadência e o marasmo de tudo quanto acontece. Quando muito, se atribui a um castigo tudo quanto acontece ou não acontece.

Por exemplo: não foi porque o FHC[13] vendeu a Central do Brasil que ficamos num atraso sem conta, uma vez que perdemos a nossa principal fonte de empregos. Não foi exatamente o que ele disse em seu pronunciamento, na época: "Na verdade, o que aconteceu com a malha ferroviária brasileira e com a rede ferroviária nacional é alguma coisa que, no futuro, vai estar nos *key stands* dos processos de modernização no mundo todo. Por quê? Porque a concepção que havia era a de que, se existisse um setor que seria incapaz de um saneamento, de uma recuperação e de despertar o interesse do setor privado, era esse. Era a rede ferroviária que era, até há muito pouco tempo, lembrada simplesmente como sinônimo de ineficiência, da incapacidade de gestão do Estado, da impossibilidade de, efetivamente, atender as demandas dos produtores nacionais no transporte de mercadorias, para não falar de passageiros, que, há muito tempo, já eram testemunhas vivas da impossibilidade de termos um sistema eficiente".

---

13 Aqui, Ruth Guimarães faz referência ao ex-presidente do Brasil Fernando Henrique Cardoso. [N.E.]

Eu dizia que não foi porque o FHC vendeu a Central do Brasil que ficamos num atraso sem conta, uma vez que perdemos a nossa principal fonte de empregos. Mas estamos pagando porque alguém deu um pontapé no missionário. E é tão certo isso, que nos foi mandado um sinal. Ali onde caiu gemendo o religioso, nunca mais choveu.

Isso é verdade? É o que há de mais certo. É o que todos dizem. Meninos, eu vi!

A missão da universidade

A universidade reúne as elites intelectuais do Brasil e constitui o vértice de uma pirâmide que se estreita perigosamente, a partir de uma base que a democratização do ensino e uma política educacional quantitativa alargaram inesperadamente. Na representação plástica e estatística, conseguiremos um poliedro de maneira desproporcionada que a pirâmide apresentará o seu cume muito mais próximo da base, e o resultado geral é um achatamento.

À universidade cabe reconstruir o Brasil, mas terá, em primeiro lugar, que reconstruir a si mesma.

No entanto não se pode começar um edifício pela cúpula, a não ser milagrosamente, e não me parece que o governo seja exercido por taumaturgos.

Ou talvez se pudesse inverter a pirâmide, primeiro a universidade frequentada por analfabetos, e depois o resto. O que não destoaria de certas providências tomadas já há algum tempo, e continuamente retomadas, de aprovar os inaprováveis, aproveitar os inaproveitáveis. E quanto ao Ensino Básico... isso existe?

Da maneira como somos levados a um contínuo rebaixamento de níveis, a missão da universidade, se é que se pode chamar isso de missão, é formar uma grande quantidade de profissionais medíocres, frustrados, com ambições rasteiras?

Então é a falência total?

Mas claro que não. Somos um povo inteligente. De boa índole. Amamos o trabalho. Levamos a escola a sério. Vamos esperar, digamos uns quinhentos anos mais, para amadurecermos, e o Milagre Brasileiro[14], tão impacientemente aguardado, acontecerá.

(Já temos algumas brilhantes exceções individuais.)

---

14 O período do Milagre Brasileiro teve início em 1968 e durou até 1973, caracterizando-se por uma média anual de crescimento econômico de cerca de 10% do Produto Interno Bruto (PIB). Esse crescimento econômico foi impulsionado principalmente pelo aumento significativo das exportações de produtos básicos, como minério de ferro, soja, café e outros recursos agrícolas. No entanto, o referido "milagre" trouxe consigo uma distribuição altamente desigual dos seus resultados, acarretando forte aumento da concentração de renda, especialmente entre a população mais instruída. Esse cenário impulsionou o surgimento de níveis inéditos de desigualdade social no país. [N. E.]

Cristo baiano

Água de Meninos trazia a sua feição habitual, com tanta gente de cócoras, junto da pobre mercadoria: balaios contendo farinha ou camarão, caranguejos pretos de lama, montes de jiló e de quiabo. Aqui, folhas de bananeira, forrando o chão, onde se amontoavam as mangabas, acolá coco, maracujá, goiaba, pimenta, bananas-da-terra muito compridas, douradas, parece que cheias de sol. A água do mar se derramava em lilás, seda e pétala. Sobre as ondas, docemente, se embalavam os saveiros. A uma pergunta, se estará aqui outra vez amanhã, o homem que vende flocos de paina, talvez farinha, talvez retalhos da fugidia baga, sob o nome de fruta-pão, responde descansadamente: "Querendo Deus..."

Essa resposta faz eu me lembrar de Monsenhor Neves, que me deu uma estranha resposta certo dia. Éramos colegas de magistério, numa escola de cidade do interior. Conversávamos frequentemente. Os assuntos eram os costumes, a literatura, a educação, os valores morais. Com base no rumo dessas opiniões, das dele, como sacerdote, eu lhe perguntei certo dia:

— Padre, o senhor é católico?

E ele, rápido, sem parar para pensar, e com um ar assim de quem corrige uma asneira:

— Dona Ruth, eu sou baiano...

Deus participa, e muito, da vida baiana. Nessas manhãs esplendorosas dos dias santificados, feitas para justificar o provérbio "Não há domingo sem sol e nem sem missa", as igrejas de Salvador estão completamente cheias, com gente assistindo, isto é, ouvindo do lado de fora a cerimônia e dela participando no adro, nas escadarias (o que não se vê nesta nossa apressada São Paulo).

Na festa do Senhor do Bonfim, um povaréu se comprime nas ruas. Ninguém pode se virar para onde quer, mas vai para onde se dirige a onda de povo. A preocupação com Deus não transparece no fato de estar a igreja repleta, tão enfeitada, Senhor, de angélicas de adocicado perfume, nem porque todos aguentam estoicamente esse perfume doce e quente e não sai para ir respirar lá fora.

Mas vede! É festa, as barraquinhas se alinham em torno da igreja, ou diante dela, mais de quinhentas, subindo e descendo ladeiras. Seus nomes são lindos. Uma se chama confiantemente Barraca do Senhor meu Deus. Outra é Deus Comigo. E outra: Deus que me deu. E outra: Deus Menino. E aquela: assim Deus me ajude. E mais uma: Deus me guie! E ainda mais: Com Deus eu vim. E, assim, dezenas, centenas. São barracas de negócios, de culinária, dessa pantagruélica Salvador. Delas se desprende um aroma perturbador, cálido de pimenta, e doce de leite de coco, de azeite de dendê.

Com esses nomes, sentindo essa intimidade com Deus (não à maneira interpeladora e atrevida com que antigamente se tratava Jeová), percebemos algumas coisas. Amar a Deus é um modo confiado e brasileiro e doce de se amar. Deus é pai, talvez avô.

Dá para se entender por que se diz que Cristo nasceu na Bahia.

A civilização do burrico

E porque a Bahia é toda doce, cheirosa e mansa, o animal que ajuda a impulsionar a sua civilização de ritmo brando somente poderia ser o burrico, chamado jumento, chamado jerico, chamado jegue, tão singelo, tão sem jeito, que jegue, na saborosa gíria de caserna, é o soldado mal-amanhado, o desengonçado, o desengraçado. Mas até que o jegue não é tão desajeitado assim. Vamos ver esse ajudante geral do transporte baiano: é uma criatura sóbria, na cor e na postura. Cinzento, de poucos gestos, pequeno, orelhas compridas, uns toques de branco aqui e ali, olhos líquidos, castanhos, pestanudos, o úmido focinho negro, um jeito de quem anda pensamenteando a desgraçada vida. Está em toda parte. Encontramo-lo no asfalto, que os seus firmes cascos não estranham, trazendo os cestos de fruta madura, de não sei de onde, por aí. Nas praias, lá está: faz parte da paisagem, como as palmas e as choças. E está em Água de Meninos, pois tanto vem a carga no seu lombo cor de cinza, como no dorso azul da onda, dentro dos saveiros. Nas grandes festas religiosas, lá está, quando as comemorações são na rua, todo enfeitado de fitas e portando imagens, tão solene, com as orelhas tão empinadas, que parece saber o valor do que carrega. À Feira de Santana chega, trazendo homens de Nazaré e de São Félix, aqueles das gaiolas trabalhadas, e trazendo o encourado, o homem calado do sertão, com sua caça empalada e salgada. E põe uma encantadora pincelada cinzenta no verde-gaio dos canaviais do sul. E está nas ilhas, carregando coco verde e manga tiúba. E na areia branca de Abaeté, sob as frondes. E ao longo das aleias de cacaueiros. E descendo ladeiras, e perlongando avenidas e estradas. Põem em cima dele cestos imensos, cheios de jiló e coco, e fruta-pão, e jaca, e feijão andu, e atravessam em cima os palmitos, e mais em cima as rapaduras e os compridos jacás de queijo, e, depois de tudo, salta um homem para o lombo do coitado, que é tão baixinho, que as pernas humanas do que o monta quase arrastam no chão. A servidão desenvolveu no jegue perfídias de mulher. É sonso, matreiro, obstinado. Tão frágil parece, e é tão forte. Olha de soslaio, espera, toma atitudes inesperadas. Guarda sob a aparência humilde, inofensiva, artimanhas de bruxo. Parece paciente, mas ninguém pode saber quando esse escravo temperamental vai empacar, nem quando vai mandar para longe, com um bom par de coices, os balaios de quiabo.

Jegue de paisagem baiana! Como eu entendo, ao ver-te, aquela mula do papa que guardou um coice por sete anos![15]

---

15 Ruth Guimarães se refere ao conto "A mula do papa", do escritor francês Alphonse Daudet (1840-1897). [N. E.]

Festa do Bonfim

Já falei da Bahia, já falei do Cristo baiano, dos seus meninos. Gosto de falar da Bahia. Já falei da festa do Bonfim? Certamente estarei me repetindo, mas vou falar outra vez. De outro jeito, mas outra vez. Como diz a canção: você já foi à Bahia? Não? Então vá! E começar pela festa do Bonfim é um bom começo, vou contar por quê.

Dos elevadores Lacerda até a igreja do Bonfim é um estirão puxado, talvez quinze quilômetros de paralelepípedo irregular. A festa do Senhor do Bonfim começa da maneira mais pagã, com a concentração das baianas no cais Cairu, com suas blusas de renda e saias engomadas sobre anáguas muitas, de roda. É pela manhã. Cheira a cidade baixa, a maresia e a fruta quente. Já não falo nas angélicas de doce perfume. Braçadas delas estão nessa procissão singular. Cada baiana, toda de branco – roupa tão alva, nunca vi!, alva como o açúcar, como a espuma que borda a água negra do cais –, cada baiana traz na cabeça uma jarra de prata. Não sei de onde elas conseguiram essas jarras, algumas antigas, de louça, de barro vidrado, de metal com raros lavores, e outras pintadas, todas belas. Nelas vai a água para lavar a igreja do Bonfim. Com as hastes mergulhadas nessa água, estão os ramalhetes de angélica, de perfume estonteante.

Ei-la a procissão, ou não sei que nome lhe dê, que não tem o beneplácito dos sacerdotes. Formam à frente das baianas, duzentas, quinhentas, não sei quantas, lindas na alvura sem par de suas vestes. Atrás, em fila, bem enfeitadas, todas as carroças da Bahia, tantas, meu Deus! Encabeçadas por aquela onde toma assento, em roupa de grande estilo, o Sr. Presidente do

Sindicato dos Carroceiros de Salvador. Os enfeites variam ao infinito. Há bandeirolas de papel de seda, folhas de coqueiro, guirlandas, arcos, bolas de soprar, flâmulas, papel repicado. Os animais também tomam parte nos enfeites. Ornam-lhes a testa estrelas e penduricalhos de toda espécie, num colorido que por si é uma festa.

Acabam-se as carroças e vêm as bicicletas, com aqueles mesmos enfeites de uma arte primitiva e em cores fortes, nítidas, cores de Brasil nacional, tão cor-de-rosa, tão azul, tão verde-mato, tão vermelho de passar em maçã do rosto de moça caipira!, tão amarelo cor de abóbora, tão roxo cor de batata. E atrás de tudo vêm os jegues sozinhos (que antes já passou muito jegue puxando carroça). Mas esses jegues de cerra-fila são muito especiais. Vêm mais enfeitados, não são montaria de ninguém, só louvando o Senhor do Bonfim, que, pelo visto, também aceita as homenagens da criação irracional. Mais pensativos parecem, mais cinzentos, com uma doçura maior nos grandes olhos castanhos, pestanudos. Mais lãzudos no pelo, mais compenetrados. Vão e vão, gente e jumentos. Ah! O sol vai bem alto e bem quente, quando a procissão, ou não sei como chamá-la, invade o largo do Bonfim e enche o adro. O vigário está dizendo que é por essas coisas, essa procissão sem santo e sem estandarte, sem padres e sem filhas de Maria, sem andores e sem pálios dourados, é por isso que os sulistas xingam a Bahia de terra atrasada (mentira dele!). E por essa lavagem de igreja e essas práticas de superstição etc. Isso diz o padre e fecha a igreja. Com o que ninguém se importa. Começa a lavagem da porta para fora, cada degrau da escadaria de acesso é lavado e esfregado, a água escorre lustral, esvaziam-se as jarras, as braçadas de angélicas são atiradas ao chão, amontoam-se cheirosas, e o sol é quente e claro, as vestes alvas, luz, gente, movimento. A festa do Bonfim começa.

E então até os padres se desdizem: neste ano de 2009, pela primeira vez em duzentos e cinquenta e quatro anos de história, um representante da Igreja Católica abençoa os participantes da Lavagem do Bonfim. Padre Edson afirmou que a iniciativa foi tomada por uma questão de "sensibilidade pastoral". Deu no jornal, Juca!, diria minha avó, lendo para o meu avô. E o pároco ainda disse que é baiano e que gosta muito de cortejo.

Essa resposta faz eu me lembrar de Monsenhor Neves, já contei isso naquela outra crônica sobre baianos, mas vejam só a coincidência. Éramos colegas de magistério, numa escola de cidade do interior. Conversávamos frequentemente. Os assuntos eram os costumes, a literatura, a educação, os valores morais. Com base no rumo dessas opiniões, das dele como sacerdote, eu lhe perguntei certo dia:

— Padre, o senhor é católico?

E ele, rápido, sem parar para pensar, e com um ar assim de quem corrige uma asneira:

— Dona Ruth, eu sou baiano...

É festa do Bonfim. A Arquediocese sempre limitou a festa apenas ao adro, e as portas do templo permaneceram fechadas, mas este ano o templo será aberto. O público ainda não tem direito de ali entrar, mas o cortejo, a festa, a procissão ou não sei que nome lhe dê, não têm o beneplácito dos sacerdotes?

O povo das mil e uma noites

"Onde será que fica Bagdá?", perguntava eu enquanto me chegavam as mais auspiciosas notícias desse reino.

Contava-se – mas Alá é o mais sábio – que em alguma noite entre as noites o califa Harum Al-Rachid[16], tomado de insônia, saía sozinho de seu palácio e ia dar uma volta nos arredores do palácio, para espairecer o tédio. Ainda não se falava em assaltos nem em sequestros em plena cidade. O califa podia andar sozinho, sem estar cercado de guardas nem fechado numa limusine ultradefendida com placas de aço e vidros inquebráveis. Os ladrões deixavam-se estar nas altas montanhas, onde imperava eterna a primavera. E o califa, nos seus passeios, somente encontrava escravas belíssimas, que sabiam tirar vinte e um sons diferentes, cada um mais admirável que os outros, do seu alaúde. Incidentemente, o califa teria oportunidade de fazer justiça pessoal, sem a interferência de emires ou do vizir. A *dolce vita* era praticar a bela escrita, ler o Alcorão, aprender a geometria e a poesia, montar a cavalo ou a camelo, manejar as armas, atirar a lança e lutar nos torneios. Nesse tempo, em Bagdá, os poetas tinham o favor dos reis.

Contaram-me que, no tempo do califa Harum Al-Rachid (oh, rei afortunado!), um homem chamado Simbad, o Carregador, depois de muito

---

16 Harum al-Rachid foi o califa abássida mais conhecido e importante, e governou de 786 a 809 d.C. Ele é famoso por ser um grande patrono das artes, da literatura e das ciências. Seu reinado em Bagdá foi marcado por um florescimento da cultura e intelectualidade, e é celebrado em muitos contos e histórias, incluindo as famosas *Mil e uma noites*. [N. E.]

filosofar, chegou a três excelentes conclusões para sua vida, já descobertas antes por Salomão, o filho de Davi.

Há três coisas preferíveis a três outras: o dia da morte é menos lastimável que o dia do nascimento. Um cão vivo vale mais do que um leão morto. O túmulo é preferível à pobreza. E, em decorrência, Simbad fez sete viagens cheias de espantosas aventuras, por terra e por mar, de onde lhe veio o apelido de Simbad, o Marujo.

Havia acontecimentos espantosos em Bagdá. Em primeiro lugar, os gênios. Eles andavam por toda parte, alguns prisioneiros dentro dos vasilhames comuns das cozinhas da época, até serem encontrados e escravizados novamente por algum mendigo sortudo. Ou estavam em garrafas fechadas e moravam no balouço das ondas. Ou então dentro de uma lâmpada há mil anos, esperando que um desocupado qualquer fizesse o inesperado e bonito gesto de limpá-la. Gênios havia que o sábio Salomão arrolhou em garrafas e atirou ao mar. E havia cavernas esplêndidas, cuja chave era uma frase: Abre-te Sésamo! E nelas o suficiente para um qualquer enricar.

Todas essas glórias passaram. Salomão e Al Rachid ficaram na saudade. Bagdá passou como passaram Atenas, a Roma dos Césares e o reino dos mortos no alto Egito. Não mais se veem, nas ruas modernas, os efrites de grandes asas silenciosas. *Sic transit gloria mundi...*[17]

Agora eu sei onde fica Bagdá. Está em todos os jornais do mundo, todos os dias. Não mais Aladim e sua lâmpada para exorcismar o Bruxo Bush. Não mais Ali Babá e a serva Morgana. Bagdá fica na terra do nunca mais, de onde jamais sairá.

Louvores sejam dados ao Imutável, para o Qual convergem todas as coisas criadas.

---

17 Expressão latina que em português significa "Todas as glórias do mundo são transitórias". [N. E.]

Fadas de ontem e de hoje

Contos de fadas são esses relatos maravilhosos, em que uma entidade tutelar, sobrenatural, dotada de poderes, protege a criatura desvalida, aponta caminhos, ajuda a transpor obstáculos e, ao mesmo tempo, proíbe, não faça isso, não faça aquilo, e até adverte que não deixemos de pagar em dia nossas mensalidades.

No Brasil, são poucos os contos que apresentam verdadeiramente as fadas. A deslocação das histórias da Europa para as lonjuras exóticas de América, a adaptação a costumes diferentes e a vidas muito outras, se por um lado fazem com que se conservem as linhas mestras dos contos e as estruturas, e mais os ensinamentos enrustidos, por outro lado, mudaram-lhe a roupagem completamente. No principal, o conteúdo é o que é.

Nas europas ficaram as fadas, as de varinha de condão e sorriso luminoso. Aqui, fada é a madrinha do moço que foi ao inferno buscar a própria sombra, perdida no jogo; é o desconhecido que dá conselhos em terra estranha de príncipes desarvorados; é a mãe morta que substitui a filha-menina, nas pesadas tarefas; é a vaquinha que deixa a madrasta perversa matá-la, para que a menina lhe tire dentre as tripas a varinha de condão; é a velhinha corcovada que indica, supre e oferece; e é, acima de todos, Nossa Senhora, madrinha dos desvalidos, dos excluídos, dos sem-terra, dos sem-teto, dos que vão com fome pelo mundo, dos tolos, dos espeloteados, dos inocentes.

E fada pode bem ser alguma fada mesmo, o que às vezes acontece.

Os contos de fadas, os imortais, estão sendo postos de lado. E há motivos relevantes. Por um lado, os milagres dos feiticeiros e dos magos são ninharias do cotidiano, hoje em dia. As fadas estão desmoralizadas. A bota de sete léguas perdeu para o avião a jato; o espelho mágico não suportará o confronto com o vídeo. Andar pelo fundo dos mares é coisa que qualquer um faz, se tiver os aparelhamentos, o oxigênio, o pé de pato. Vai pra lá se divertir com a pesca submarina. Alcançar a lua... ora! Depois dos foguetes espaciais e do cabo Canaveral!?

Uma velha amiga, certa vez, me disse: "O que foi conto de fada, no meu tempo de criança, é isso que está acontecendo agora": a voz da pessoa invisível, a fonte da juventude, gastar sete sapatos de ferro em sete anos e um dia, alcançar o céu e a lua, edificar um palácio numa noite, habitar o fundo do oceano, voar, tudo são antigos sonhos humanos ultrapassados pela realidade.

Por isso, muita gente pensa estarem também os contos maravilhosos ultrapassados. Ledo engano! Com a mesma aceitação e a mesma universalidade deles, temos os contos de fada modernos, para os quais se orientam, num tropismo inexorável, o ávido interesse dos ignaros e dos imaturos. Superman, Batman, Mickey, Superpateta, não são fadas, todos?

Da literatura infantil

É do que eu estava falando: dessas histórias para crianças. Elas teriam que ser principalmente misteriosas para ir fundo na gente, para que as compreendamos com a alma, aprendamos o que tiver de ser compreendido e aprendido, e para que não as esqueçamos jamais.

As manifestações do povo, seguindo o caminho do folclore, seguem o caminho da eternidade. Estamos falando especificamente de lendas e de fábulas, do reino das fadas, do tempo em que os animais falavam.

É esse caminho do inconsciente que percorremos desde o berço, apesar das disposições governamentais, da arrogância das escolas, dos projetos, da moda, dos costumes, das imposições sociais.

Fanny Abramovich nos alerta para a incrível e abominável coleção de mediocridades que servimos às nossas crianças hoje. Damos-lhes alimento de adultos, literariamente falando, ineptamente facilitado por alguns escritores.

Realmente, hoje, em que pesem os progressos da psicologia e da didática, o que temos no campo da literatura infantil é um pouco de Monteiro Lobato, que iniciou um movimento pelo que é nosso (falo da infância). Ainda temos muito de Walt Disney, antes, durante e depois. E alguns outros raros, bissextos, como Malba Tahan[18], o eloquente, por exemplo. Dos contos, mesmo em publicações muito bonitas, de boa fatura, continuamos

---

18 Malba Tahan foi o pseudônimo adotado pelo escritor e matemático brasileiro Júlio César de Mello e Souza (1895-1974), conhecido por suas obras de literatura infantojuvenil inspiradas na cultura árabe, como *O homem que calculava*, que explora conceitos matemáticos de forma lúdica. Seu trabalho contribuiu para popularizar a matemática e a cultura oriental no Brasil. [N. E.]

com Branca de Neve e os Sete Anões e o indefectível raconto de Chapeuzinho Vermelho com o Lobo Mau, que nenhum de nós conhece (Lobo? Que bicho é esse?).

Aonde iremos buscar os elementos necessários para o enriquecimento da nossa literatura dita infantil? Esses que nos vêm das nossas realidades mais profundas da alma que Deus nos deu e da terra que Deus nos deu. Digamos que acontecem e vêm para nós por via folclórica.

Em suma, temos um rico acervo de racontos. Nos quais, a par do enredo, do comportamento dos personagens, bichos ou gente, reponta o conhecimento profundo de nós mesmos; conhecimento este fixado sem dor, sem castigo, sem palmatórias, ou ensinado na base da receita, do conselho, do decoreba, que jamais convencem e que resultam em nada.

Muito bom que nossas crianças leiam parábolas: todas as mensagens bíblicas, as *Mil e uma noites*, as mitologias. Mas que leiam também, quem sabe primeiramente, nossos contos vindos da Europa e readaptados, e aqueles que vieram das senzalas e das tribos. Conhecerão elas os contos em que entre o Quibungo, conto que as ensina a serem cautelosas? Foram-lhes apresentados os relatos da tribo, a sua teogonia tão bela e tão confortadora?

Temos exemplos universais, muito eloquentes, do bom aproveitamento que está na memória do povo. Pesquisadores enriqueceram nossa visão de mundo e nos trouxeram pérolas de suas andanças pelo subconsciente brasileiro. Mas esses não são artistas, o seu campo é outro. Os "pesquisadores-artistas" foram, na música, um Beethoven, com seus *lieds*, e os Beatles, trabalhando as lindíssimas canções escocesas. Aqui entre nós, Chico Buarque reescrevendo "Terezinha de Jesus". No terreno escorregadio da arte da palavra, Selma Langerlöf e suas tão singelas e tão formosas histórias, por via das quais ela foi até o Nobel. Não somente por via das narrativas, mas da arte de contá-las.

De narrativas, temos de tudo isso no Brasil, pois não. Com a mesma singeleza e simplicidade, e a mesma beleza.

Contam-nos, por exemplo, que a noite estava escondida no fundo das águas, porque de primeiro noite não havia. Era só dia. Foi quando a filha da rainha Luzia quis se casar. Dois índios de peito largo foram buscar a noite, porque não teria graça um casamento em plena glória do sol. Depois de muitas peripécias, os índios soltaram a noite da sua prisão no toco de tucumã. Veio a escuridão, e todas as coisas se perderam. Quando a filha da rainha Luzia (em algumas variantes, Cobra-Grande) viu a noite – e chegou logo depois a madrugada, precedida pela Estrela d'Alva –, separou o dia da noite, pintou de branco o cajubim e ordenou-lhe que cantasse. Enrolou um pedaço de fio, sacudiu cinza em riba dele e comandou: "Você será o inhambu, para contar os tempos da noite e da alvorada".

E daí por diante a filha da Cobra-Grande fez dormindinho no escuro com seu amor.

Da poesia

Pois é como eu ia dizendo. A "Banda" toda a gente canta e trauteia na rua, nãnãnã, nãnã, nãnã... distraidamente, enquanto pensa e enquanto passa. Poesia do cotidiano, a sua, nada de muitos voos, nem de amor desesperado ou desesperançado. Apenas a banda que passa, a menina na janela, a excitada curiosidade da cidade pequena. A letra é de poeta de agora, cheia do profundo desencanto muito moderno de quem em nada crê, a não ser que tudo passa. Afirma que um gosto, depois que acaba, deixa o desgosto maior, mas afinar não altera em nada a miserável da vida (é o Chico Buarque que acha isso; eu, não).

Assim, à moda do velho pessimista Machado, que dizia: "um relâmpago deixa a escuridão mais escura"[19]. No entanto, o moço Chico tem um pessimismo quase sorridente. Deve ter tido na infância a vivência dessas bandinhas deliciosas, que sacodem de quando em quando, nas madrugadas das festas do padroeiro, as cidadezinhas provincianas, normalmente muito paradas e muito quietas. E porque é poeta, e porque adolesce nessas mágoas de amor mal-aventurado, gostosas mágoas! (ou adolescia há muito pouco tempo), e porque tem dessas experiências interiores e interioranas, consegue o moço Chico fazer vibrar o provinciano que dorme em cada um de nós. Ora, direis! Ouvir a "Banda"... E eu vos direi: ouvir e ver. E cantar. Um dia desses, no ônibus, dois coroas conversavam meio perplexos, mas com uma entonação indisfarçável de triunfo. Ouvi falar na tal de bossa nova, e não sei mais o quê – comentava um deles –, e o que

---

19 Referência ao conto "Marcha fúnebre", de Machado de Assis. [N. E.]

tira prêmio é a velha marcha (você se lembra de "Teu cabelo não nega"?) com assunto batido, fora de moda... Ora essa!

Parece afinal que ficou provada a importância de ser autêntico. Os ritmos que nos tocam são ainda os que vêm em seguimento a uma tradição que parece extinta, mas felizmente continua.

De todas as receitas de salvação, uma só nos dá esperança: a poesia. Somente por ela nos salvaremos. Os poetas românticos não desdenharam de escrever lindas letras para as canções populares. Castro Alves ainda nos fala, em "Gondoleiro do amor"[20], que "os seus olhos são negros, negros como as noites sem luar", à maneira romântica de poetizar a mulher. Fagundes Varela também frequentou a canção. Noel, o filósofo, era poeta. Vinicius de Moraes desceu dos livros e alcançou o povo, nesses sambas inimitáveis que Baden musicou. Agora, e era disto que eu queria falar desde o começo, estão aí, novamente, os poetas. Os poetas que compareceram ao Festival da Música Popular Brasileira[21]. Que puseram formosas letras em músicas, para o Jair cantar, e a Elis e a Elza e a Nara. O que tira do atoleiro da vulgaridade o povo e facilita a tarefa dos educadores. Pois, uma vez que a poesia, que muitos deram por morta, voltou à música popular, de onde nunca, jamais, deveria ter-se ausentado, estamos salvos, afinal.

---

20 "Gondoleiro do amor" é um dos poemas do livro *Espumas flutuantes*, de Castro Alves, único publicado em vida. [N. E.]

21 O Festival da Música Popular Brasileira, realizado nas décadas de 1960 e 1970, foi um evento que revelou grandes talentos, como Chico Buarque, Caetano Veloso, Gilberto Gil e Elis Regina. Reflexo cultural de seu tempo, o festival promoveu a diversidade musical e o engajamento artístico e fomentou discussões sobre a identidade nacional e questões sociais. [N. E.].

Trezentos anos sem Zumbi

A Negritude Francesa censurou, há tempos, o movimento brasileiro em prol da gente de cor. E diz ela que nós não nos empenhamos em fazer valer os direitos do povo oriundo da África, mas estamos misturando e caldeando gente, de tal maneira que o negro acaba desaparecendo, na miscigenação, eis que o branco é um raçador melhor.

Na Europa, já se alude ao branqueamento do Brasil. Um sociólogo de larga visão, Gilberto Freyre, vaticinou há bem uns cinquenta anos que não tardaremos a ser um país mestiço, evoluído da pátria negra que somos hoje. Então é isso. A nossos próprios olhos, numa atitude que se pode chamar de desmazelada, achamo-nos complacentes, democráticos, deixando que as coisas aconteçam à lei da natureza ou, como queria um dos nossos presidentes, "deixamos como está para ver como fica".

Devido a essa, digamos, benevolência com que tratamos estrangeiros e naturais, brancos, negros e amarelos (em suas diversas nuanças e manifestações) – japoneses, chineses, vietnamitas, coreanos e outros –, devido a essa aceitação total, que nos parece boa, dizem que estamos acabando com o negro. Com efeito, de negros e brancos provêm os mulatos, dos mulatos e brancos os quadrarões, os oitavões e outros que acabam passando a linha divisória e se apresentam decididamente como representantes de uma só raça. Será um negro o resultado. Não, evidentemente, um brancarano.

Nesta terra onde ninguém se importa com origens nem com genealogias, a não ser uns poucos historiadores, como descobrir nos brancaranos (em que nos tornaríamos) os ascendentes que vieram nos tumbeiros?

Isso será um bem ou um mal? Não é a solução que buscamos, mas é a que acontece. Em meio a sofrimentos, é verdade. Sofrimentos que não são exclusivos do Brasil, nem sequer das Américas, sujeitas a condições novas de mão de obra e outras, nem da civilização ocidental, eis que a escravidão foi de sempre (onde haja um que domine e muitos que aceitem a canga, por medo, comodidade, indiferença). Que o digam os judeus da Alemanha dos anos quarenta; os árabes da França de hoje; os indígenas das nossas selvas; que o digam as mulheres. E os velhos? E as pessoas com deficiência? E os pobres? E os ignorantes? E os famintos?

Como se vê, no fundo a questão é direitos humanos.

Foi somente nos anos oitenta que a negritude brasileira iniciou uma luta para valer contra a discriminação, que veio de longe, colorindo toda a sociedade, e continua, insidiosa, velada, mas com muita vitalidade, até o momento.

No Brasil, recém-despertamos para a questão dos direitos de cidadania dos grupos étnicos. Só há algum tempo alguns cogitaram considerar crimes os atos de discriminação racial, as atitudes antissociais de ataque, as ofensas verbais, a proibição de entrada em clubes, restaurantes, hotéis, o racismo nas escolas etc.

Por falar em escolas, o silêncio é um ritual pedagógico, a favor da discriminação. As crianças não brancas não têm maneira de criar para si mesmas um Ideal de Ego Negro, pois a história do Brasil se cala e passa em branco a saga da rebeldia dos grupos etnossociais, negando-lhes importância na formação da sociedade brasileira.

Para medir o grau de informação sobre a história do negro no Brasil, uma Comissão de Educação realizou, há algum tempo, uma pesquisa em doze cidades do interior de São Paulo. Foram ouvidos quarenta professores, em três escolas de primeiro grau, na zona leste da capital, com um total de cento e setenta alunos. Questionados sobre a história de Zumbi dos Palmares, grande parte dos professores a conhecia; entretanto, não por intermédio de livros, mas sim através do filme *Quilombo*[22]. Quanto aos alunos, setenta por cento deles jamais ouviram falar do assunto, quer em casa, quer na escola.

Perguntados quais os negros de destaque que conheciam dentro da literatura, das artes, da política, citaram o abolicionista José do Patrocínio, o cantor Milton Nascimento, Grande Otelo, Martin Luther King, entre outros.

Mas o mais citado de todos foi Pelé.

Nesta terra, ninguém se importa com origens nem com genealogias, a história do Brasil se cala, mas, se nos deixarem conhecer um pouco mais de nós mesmos, a negritude brasileira vai lutar realmente para valer!

---

22 *Quilombo* é um filme brasileiro histórico lançado em 1984, dirigido por Cacá Diegues. Aborda a resistência dos negros diante da opressão dos colonizadores e a busca por liberdade em meio às injustiças sociais. [N. E.]

Beau Geste
para Ruth Cardoso

Quando eu era muito pequena, tinha duas idiossincrasias. Não gostava de gente que não apreciava sorvete, e acendiam-se em mim todos os altos fogos da ira contra aquele que não ficava boquiaberto com o mundo do circo.

Como se vê, tinha grande vontade de viver, sabia o que queria e aplicava o aforismo do filósofo que nos garantiu que o homem é a medida do homem. Somente que se me pedissem para explicar o porquê de atitude tão radical, eu não saberia.

De lá para cá, o mundo mudou muito, sobretudo em velocidade. Inesperadamente estamos correndo, voando, uns e outros nos atropelando, é preciso correr, passar na frente, ultrapassar. Que se passa? Que buscamos, afinal? Quem sabe ficou lá atrás, perdido, jogado, esquecido? Mas ninguém para, ninguém retrocede; é tudo de roldão, como as catadupas, a ventania, a febre, a inconstância.

Contou-me Peregrino Jr. certa vez que foi do Rio de Janeiro ao Ceará, onde iria ser padrinho de casamento, e teve que fazê-lo em um dia, por causa dos seus múltiplos afazeres. Tomou um avião do Rio, chegou a Fortaleza, tomou um carro para a cidade do interior onde ocorreria o casamento e levou nisso mais ou menos oito horas. Comentando o feito com um amigo, sisudo coronel de vastas terras e muito mais vastas filosofias, disse o amigo, alisando o cavanhaque:

— Sêo compadre, este mundo está encolhendo...

A velocidade trouxe a perda do ritmo. E o ritmo é medida de vida. É o uniforme bater do coração, é o passo na mesma medida sempre. Se virmos um bêbado atravessando a rua, já sabemos que ele exorbitou. O pulsar é igual, o piscar, a respiração, a cópula, tudo regular e sem atropelos. Todos nós já vimos o jovem pai colocar o filho sobre os joelhos e recitar o velho trava-língua, enquanto marca o compasso: "Serra, serra, serrador, quem serrar é meu amor!". Que faz tão infantil essa criatura adulta? Nem ele sabe. Mas está ensinando ritmo ao seu filho, que sem ele não poderá viver harmonicamente.

Hoje, com as novas condições de vida do idoso, está se desenvolvendo um gosto novo pela dança, pela música, isto é, pelo ritmo. Faz parte do desenvolvimento e da transformação e age sobre todos, pelas leis que estudamos em folclore.

No atropelo da vida que se convencionou chamar moderna, ainda restam os belos gestos, e aqui volto gostosamente aos meus tempos de criança. O circo. O circo e os palhaços, as cores, as luzes, os voos nos trapézios, os malabares, aquele país das fadas, onde se penetra para sonhar.

E aquelas mulheres esplendorosas, como deusas, que sabem andar ondulado, e dançar, e existir...

Outras cenas de reino encantado são as cerimônias das religiões com os sons celestiais, a presença de Deus e os longos belos gestos dos sacerdotes entre neve e dourados, em acenos longos e brandos.

Estamos afugentando o ritmo e a beleza da vida com o nosso afã. Mas nem tudo está perdido. Os gestos se repetem. Aos agraciados que renovarão os valores de que carecemos.

Ruth Cardoso e os belos gestos.

Ruth Cardoso, singela lutadora à frente das reivindicações pela conquista do bem-viver e dos novos valores.

Ruth Cardoso e os belos gestos.

Retrato de Amadeu Amaral

Retrato? Apenas de perfil. Deixemos a outra face, a da poesia, mergulhada na sua sombra e no seu mistério.

Poder-se-ia dizer, em primeiro lugar, que Amadeu Amaral foi um artista que nasceu atrasado, se também não se devesse afirmar, com mais esperança do que verdade, que os tempos do trabalho e do ideal são todos os tempos.

Muito antes de o ler, tinha eu já notícia dos ditos irônicos, da casmurrice, da capacidade fenomenal de trabalho, da minuciosa exatidão e ordem com que escrevia. Também sabia do caprichoso humor cambiante, meio temeroso, das explosões de alegria, dos pesados silêncios, do modo arredio, da desconfiança excessiva.

Entretanto a primeira notícia real e a primeira pincelada de autorretrato vieram numa carta escrita por ele a Mário de Andrade: "O senhor está ligado em minha terra, que é também a sua, a uns tantos escritores e poetas que me têm feito uma guerra surda, surda quase sempre, às vezes, aberta, pagando com maledicências e com epítetos de todo tamanho a atitude altamente imparcial, serena, compreensiva e até simpática que sempre mantive, por temperamento, por sistema, por curiosidade de espírito, por esforço de equanimidade, diante de todos quantos, bem ou mal, aparecem a labutar em letras neste país analfabeto".

É mister separar as muitas e múltiplas faces de cada atividade de Amadeu Amaral – que as teve muitas – se o quisermos compreender, pois como o Trismegisto é ele tresdobrado. Nele convivem o esteta, o humanista, o autodidata, todos com um denominador comum de determinação e trabalho.

O esteta e o humanista se confundem, gerando o amor da forma, o que fez muita gente distinguir nele o parnasiano que não foi. Ao seu autodidatismo podemos ligar, talvez, a forma tentacular das atividades inumeráveis, no campo da literatura, sem que tenha se firmado no ensaio, que as qualidades de exegeta faziam prever. É do autodidata, em segundo lugar, o entender a crítica como exegese, e não como lição.

"Discordo da atitude do que poderia ter sido. A crítica deve aludir ao que foi e é."

Vá lá que se dedique apenas à crítica apologética. Ele a faz como homem sincero, quando admira realmente o criticado. Concedemos que lhe seja uma feição acidental, apenas uma faceta do talento. É nela, todavia, que lhe surpreendemos as qualidades mais marcantes do caráter, a sua orientação moral, filosófica e estética. Quando afere valores alheios, nos dá a medida exata para a aferição do seu próprio. E então, a espaços, como clarões da noite, nos é dado vislumbrar traços rápidos da personalidade inquieta e vigorosa, até que afinal surja o homem inteiro da obra crítica, claro como a água, nítido como efígie, bom como pão, valente como armas, e inesperado como bruxo, saltando de uma caixa de surpresas.

Inúmeras são as lições contidas na obra crítica de Amadeu Amaral: a posição sempre polêmica, o firme apostolado, a atitude de simpatia, o denodado trabalho, e, finalmente, a nota mais marcante, a sua auréola: a honestidade e a bondade. Dessas virtudes dão testemunho os seus contemporâneos, de maneira um tanto embaraçada e comovida. Hélio Damante nos diz que possui o dom da boa vontade. Era um homem profundamente sereno, dizem outros. "Plácido", confirma Cerqueira Leite, repetindo não sei quem. Não foi de forma gratuita, por certo, que o filho, "o menor dos seus devotos", escreveu uma biografia dele que tem por título: *A vida de Santo Amadeu*.

Da autenticidade

Chegamos, fomos procurar Paixão Côrtes — ele trabalha no Departamento da Produção Animal, num bairro de Porto Alegre, que se chama, lindamente, Menino Deus.

Paixão é direitinho um personagem de Erico Verissimo, não do "Presidente", nem do "Embaixador", mas um coronelão daqueles ásperos, machão, brabo até ali, moreno, grandalhão, olho preto relumiando, e uma bigodeira!...

Esse o tipo físico, pois Paixão é de uma delicadeza tão inesperada naquele corpanzil, que chega a ser comovente. A visita se prendia à eterna preocupação do viajante, de encontrar alguma coisa nova, com que se rejubilem alma e coração. Ou quem sabe se não se trata de coisa nova, mas antiga por demais, anterior à falsificação da vida pelo homem moderno.

Queríamos ver um gaúcho, não de bombachas e pala, nem com aquela indumentária toda, que nos parece extravagante, não precisava. Mas na lida costumeira, em ambiente natural, com o boi, o cavalo, a carreta, e à noite, no galpão, tomando o chimarrão e contando lorotas. Isto. Mas mesmo isto não era possível. Como Paixão explicou pesarosamente. Porque o Rio Grande vai perdendo rápido as características devidas a vaquejadas e a um tipo especial de criação e lida, e que num raio de, pelo menos duzentos e sessenta quilômetros de Porto Alegre, não se veria um tipo autêntico. Que nas fazendas das fronteiras, talvez, mas não com aquele pitoresco, tu me entendes. As mulheres, que assimilam com mais rapidez a civilização, já devem estar por lá na minissaia. Nem dança de fita, nem pezinho. Nem rancheira. Talvez o galpão e as histórias, algumas ouvidas na televisão.

Vejamos o que se pode arranjar.

Foi ao telefone, comunicou-se com meio mundo, arranjou um espetáculo. Um "show". Mas não é isso que queremos, Paixão. Gaúchos, no palco, em espetáculos, estilizados, excelentes, já vimos no Rio e em São Paulo. E ele impávido: Recebi proposta de uns capitalistas que vão construir um rancho para turistas. Teremos tudo lá, a duas horas de Porto Alegre, rodeios, danças típicas, os gaúchos a caráter, tudo. Eu dirigirei a parte folclórica, pois que há vinte anos percorro a região mais tradicional e estou familiarizado. Olhe, tenho apontamentos para um livro... Mas não é ISSO, Paixão, não é ISSO.

Devo dizer que Paixão Côrtes, folclorista de renome, tem alguns livros publicados, e parece inacreditável ouvi-lo falar tão tranquilamente nessas contrafações. Não é isso. Que pena ir ao Rio Grande e não encontrar genuíno, só esta São Paulo em ponto menor. E de repente vejo: o sonho mirabolante, dois mil turistas, e gaúchos e suas bombachas e seus cavalos, o espetáculo em grande, a terra linda de se mostrar, e vejo os olhos ternos de Paixão, violento, apaixonado, carinhoso, sonhador, e a sua fala, contando histórias de galpão, e descubro que vi, sim, um gaúcho, onde eu ia procurá-lo, se está aqui tão perto e tão autêntico?

Judas, o modernista arrependido

Eu disse em uma de minhas crônicas: "parece que é uma arte perdida, a arte de viver". Acredito também que esteja perdida a arte de declamar...

Pensei nisso ao me lembrar de um certo dia, quando quiseram os fados que me fosse dado funcionar como juiz num concurso de declamação, e a primeira surpresa do dia foi verificar como os declamadores frequentavam os modernos. A segunda não foi propriamente surpresa, pois que Judas Isgorogota sempre foi muito amado nestas províncias paulistas. E, pois, Judas foi o poeta mais declamado, batendo por um bom corpo a Guilherme de Almeida, que em matéria de popularidade esteve em maré alta por muito tempo.

Para quem nunca ouviu falar de Judas neste nosso tempo sem poesias, transcrevo aqui um trechinho de "Língua Portuguesa":

Ah!, quem te visse, após, em pleno dia,
Desnuda, ao sol, não te conheceria...
Qual irmã gêmea de Paraguassu,
Desafiavas uma raça inteira
Com teus coleios de onça traiçoeira
E com o feitiço do teu colo nu...
Mas quem te olhasse, a sós, na noite quente,
Ah!, como te acharia diferente
Ao ver-te, olhos molhados, a chorar,

Tua guitarra amiga dedilhando,
O teu fado liró, triste, cantando
E os dois olhos perdidos lá no mar...
Se me alegra o te ver brasileirinha,
Oh!, lusitana e doce língua minha,
Não me envaidece, entanto, essa ilusão...
Que hás de ser portuguesa, na verdade,
Enquanto houver no mundo uma saudade,
Uma guitarra, um fado e um coração!

E então, de outra vez, quando tive que falar de poesia, apresentando uns jograizinhos, pareceu-me muito sensato falar das tendências estéticas da poesia moderna, dos seus característicos, sua influência, e como, pelo modo novo de os recitar e interpretar, os declamadores atraíam a atenção do povo, quase disse da plebe, para a poesia nossa de hoje. De ontem, que hoje nem os jornalistas, repórteres, profissionais da comunicação, que falam em rede nacional, sabem o que significa a palavra leitura e declamação, acentuam mal as palavras, dividem mal as sílabas. Bom... falei do hermetismo, e falei das pesquisas em torno das palavras, e falei das onomatopeias, e falei da poesia pura, sem metro e sem rima, e falei das incursões no subconsciente. Para ilustrar minhas palavras, vieram os jograis de Lorena e recitaram um longo poema descritivo de Judas, "Os que vêm de longe", bem avesso a tudo quanto eu havia dito, tanto pelo tema como pela forma.

Vocês não queiram mal aos que vêm de longe,
aos que vêm sem rumo certo, como eu vim;
as tempestades é que nos atiram
para as praias sem fim...
Os que vêm de longe, os que vêm famintos,
os que vêm rasgados de dar compaixão,
os olhos parados, os pés doloridos,

pisando saudades calcadas no chão...
Vocês nunca souberam o que é tempestade
na vida de um homem... e nem saberão!
É a seca na mata... é o mato rangendo,
é a terra tostando, virando zarcão...
É a gente morrendo na estrada vermelha
vendo trapos humanos lutando com o pó...
E as levas se arrastam penosas na estrada,
enchendo as estradas de angústia e de dó...
É a gente, sentindo tonturas na alma,
piedade divina dos céus implorar,
e ver que somente uma gota nos brota
dos olhos cansados de tanto chorar...
É o gado morrendo de fome e de sede,
morrendo e mugindo num doido clamor,
e a gente morrendo de sede, e sonhando...
— a gente tem mesmo de ser sonhador... —
sonhando com água, que ao menos o gado
liberte da angústia da sede e da dor...
E os trapos humanos se arrastam rezando,
caindo, chorando,
sofrendo e clamando por Nosso Senhor...
É a gente ter n'alma esperanças e sonhos,
viver da ventura dos olhos de alguém,
um dia encontrar a palhoça deserta
e saber que, faminta, arrastando-se além,
aquela que amamos a leva maldita
levou-a também...
É a gente sofrendo de ver a desdita
sorrindo dos homens... Olhar para o céu,
fechar a palhoça e sair pela estrada,

sem rumo, sem nada, dos ventos ao léu...
E o céu lá em cima piscando de quente...
Lá longe a palhoça ficou, triste e só...
Um fiapo de nuvem vem vindo... vem vindo...
e a gente vai indo com os olhos na nuvem,
os pés escaldando na areia e no pó...
Depois, já se sabe... Depois é isso mesmo...
a gente vem vindo, tal qual como eu vim,
sem Deus, sem destino, sem sorte, sem nada,
até dar à costa num mundo sem fim...
Vocês não queiram mal aos que vêm de longe,
rasgados, famintos de dar compaixão...
os olhos na terra... os pés doloridos...
pisando saudades calcadas no chão...

De verdade, Judas não se filiou ao Modernismo, especificamente como escola, e até é bem conhecida sua ojeriza por tudo quanto cheire a extremadas preocupações de audácias herméticas e informais. E como essas coisas ocorrem *em* e *aos* poetas adolescentes, também ficou muito conhecida sua expressão "Esses mocinhos...!", seguida da careta mais azeda do mundo.

Contudo, o que o aborrecia era a pseudopoesia, e isso deve acontecer a todos os poetas, em qualquer parte e em qualquer língua. A seu pesar, ei-lo participante de uma escola que não ama, eis que já seguiu as tendências modernistas, e há muitos anos seus poemas têm um sentido bem mais libertário.

Mas não é Judas que muda. É a forma da poesia. Os mais novos, a geração última, se preocupam com uma disciplina mais rígida. Paulo Bonfim, a quem Judas censurou o ter abandonado o manso lirismo que caracterizou "Antônio Triste", bandeou-se para os metros tradicionais, em falta de outros mais harmoniosos e que melhor dissessem seu pensamento.

Domingos Carvalho da Silva, dos "novos" de 1945, também esporadicamente excursiona pelos arraiais da tradição.

Judas Isgorogota fez uma coisa que nos parece sábia. Publicou o que julga de melhor em sua poesia, num volume que é uma antologia poética.

Ficamos sem saber quem é mais humilde e generoso: se aquele poeta que nos oferece tudo quanto escreveu, numa tocante oferenda, e num entregar-se completo ao julgamento, ou se aquele que escolhe e condena parte do que lhe custou, quem sabe lá o quê, para oferecer o que julga ter de melhor.

Ou quem sabe não será orgulho de poetas, uns reputando boa a sua obra inteira, outro pensando que sabe discernir melhor do que quem lê.

Mas não façamos indagações bizantinas. Os antigos disputavam sobre os anjos, quantos deles caberiam na ponta de uma agulha ou se eles poderiam mudar de um lugar para outro, sem passar pelo meio.

Digo que são tudo nugas, e que devemos buscar a poesia e não o resto, que não importa.

Pretérito quase perfeito

A mercancia não desiste. Não nos dá folga. Não nos deixa raciocinar, não para de produzir novidades. A cada invenção, a cada melhoria e aperfeiçoamento, assimilamos mais uma experiência de desutilidade. Desculpem o palavrão. Ficamos escravos de mais uma necessidade que não nos serve para nada. Porque não nos faz crescer em alma e dignidade. E nem mesmo em saúde. O automóvel e o estofado do escritório nos dão hemorroidas. O microfone, a caixa de som, o alto-falante nos deixam surdos. E não se fala das momentosas novidades do aquecimento geral, do buraco negro, do ozônio, da poluição, dos rios e dos ares e por aí afora. Não há nenhum invento, como o avião, por exemplo, cujos uso, abuso e mau uso não transformem em inimigo da humanidade. Está aí o plástico. Estão aí as usinas nucleares. A serra elétrica. A lambreta e a polícia. Os chefes de governo, a pseudodemocracia e os políticos.

O que perdemos de mais importante nessa modernidade mítica é o valor como pessoa humana, da pessoa humana. A corda arrebenta pelo lado mais fraco. O que foi feito do pobre, com sua bolsa escolar a tiracolo e a bolsa família atropelada no lombo? Acabaram com o pobre, apesar do aviso de Cristo de que sempre o pobre existiria. A pobreza modernizada desconhece o desemprego útil, por mal dos seus pecados. E a praga pior é a do desemprego crônico, geralmente por falta de capacitação. O que estão fazendo para capacitar o pobre?

Não quero entrar na discussão do que seja liberdade. Das criaturas de espírito mais livre, o mais belo é o vagamundo. Ele trabalha? Mais do que os outros. Entre os vagamundos podemos contar o cientista louco, os loucos apaixonados, os poetas (já de muito banidos da república de Platão), os artistas sem papelada, sem horário, sem calendário.

As exigências da vida acelerada estão acabando com esse tipo. Os que ficamos dentro da cerca do emprego, do patronato, da função pública, da carteira assinada, nós, os eunucos, não somos livres.

Agora me digam uma coisa: uma lei tanto matemática quanto biológica e quanto social nos afirma que o todo é igual à soma das partes que o constituem. Dá para fazer um povo livre quando cada indivíduo é um escravizado?

A busca da liberdade acabou, substituída pela busca do direito de consumo. Pertencemos ao vínculo artificial criado copiosamente e mantido com cuidado entre mercadoria e a necessidade criada de a possuir. Não temos nem para nosso consolo a esperança de que essas mercadorias mirabolantes, apresentadas com tanta ênfase, tanto colorido, tanta música, pagáveis em doze vezes, vinte e quatro vezes, trinta e seis vezes, tenham distribuição equitativa. E com que arte se ativa o impulso demente de comprar, e comprar, e comprar. A atriz fulana tem quinhentos pares de sapatos, apesar de ter somente dois pés. As roupas nada vestem, mas custam caro. Acabamos sendo possuídos pelo que temos.

Um homem pertence ao seu carro zero, e de marca, e ao seu telefone, não é o contrário. A conjugação não é *eu possuo*, e sim *sou possuído*.

Também perdemos o nosso espaço de silêncio, invadido por certa espécie de música barulhenta, escapamento de carros, campanhas de venda, campainhas, o rádio do vizinho e o nosso, a TV de toda a gente, propagandistas.

Os acessos da maldade humana, guerra e outras barbáries, são cíclicos, como uma espécie de febre terçã da humanidade. Em cada recaída, carecem os salvadores. As religiões estendem as mãos procurando mitigar as dores. Num desses acessos malsãos, Voltaire preconizava a volta à Natureza. Que fazem e que dizem agora os ambientalistas?

A viagem da vida não tem regresso. O progresso é irreversível, e é com ele que temos de conviver. O passo dado para a frente não se repete para trás. Quem mais se adapta ao ferro de brasa, de passar roupa? À água do poço? Ao fogão à lenha? À vela? À lamparina? Ao carro de bois?

Nada de saudosismos, pois. O que lá foi, lá foi.

Mas bem que eu gostaria de voltar aos rios limpos.

A revolução das romarias

Uma formosa lenda medieval nos conta a história do jogral que, atraído pela serenidade da vida religiosa e a convite dos bons irmãos de uma ordem sua conhecida, tornou-se monge. Levava para o convento apenas um coração contente. Via os companheiros de cela trabalharem em louvor da Virgem Maria: este desenhando capas de livros, aquele bordando iluminuras, outro compondo hinos em honra da Mãe de Deus, outro ainda rimando versos. E só ele, o pobre, o ignorante, o desajeitado jogral, nada tendo para oferecer a Nossa Senhora. Ia-se-lhe a alegria de pensar na sua valia nenhuma.

— Por que andas triste, filho? Reza, e a Senhora te confortará! — exortava o prior, notando-lhe a angústia no semblante, ordinariamente tão alegre.

Até que um dia reparou que nos olhos e nos lábios do frei João voltava a dançar o antigo sorriso. E rindo continuou o Irmão Jogral a cumprir suas humildes obrigações diárias, rezando com lábio anelante, trabalhando com gestos ágeis, andando com passo lesto. Somente acontecia desaparecer pelo meio do dia umas duas horas sem que ninguém soubesse por onde andava. Um dia, o prior, dirigindo-se à capela por acaso em hora quente de acalmia, viu frei João...

Seria aquele frei João? Vestido com roupa de malha verde, justa, modelando as pernas musculosas e o torso largo, guizos dourados pendurados nos ombros e nos tornozelos. E o gorro também verde, enterrado na cabeça, tendo na ponta a borla cor de ouro e mais guizos. E que fazia frei João? Santo Deus! Frei João dava saltos mortais sobre um tapete no chão, diante do altar de Nossa Senhora. A cada salto os guizos cantavam argentinos, sacrílegos, no silêncio da capela. Depois dos saltos, frei João apanhava uma dúzia de bolas e as atirava para o ar, uma depois das outras, em seguida, simultaneamente, e a todas apanhava, agilmente, como um bom pelotiqueiro.

Sacrilégio! O prior – acompanhado agora de outros dois monges que fora, açodado, chamar – já ia expulsar ignominiosamente da igreja o monge atrevido, quando quedou estarrecido. Nossa Senhora, em passos lentos, desceu do altar e, muito docemente, enxugou o suor que escorria do rosto afogueado do seu jogral.

Os caminhos de romaria mais bonitos, como o do Santuário de Compostela, e também as grandes festas anuais do Medievo, eram frequentadas por artistas ambulantes, poetas, cantores, músicos, escamoteadores, malabares. Dentre eles destacavam-se os jograis, companheiros dos trovadores. Nestes coexistiam o artista e o saltimbanco, que davam a nota alegre e estimulante e faziam mais leve a caminhada.

Os tempos passam. Evoluímos das romarias a pé para as romarias de motocicletas, de ônibus, a cavalo, e às vezes a pé mesmo, carregando cruzes, rezando, cantando. A jornada em si é a mesma, mas os instrumentos de divertimento são outros, de acordo com a tecnologia de agora. Pode ser que do outro lado do cotidiano, atrás de câmaras, estejam as versões modernas dos jograis e dos menestréis. E ainda vejamos os pelotiqueiros, que com habilidade e graça ainda joguem para cima, sem os deixar cair, os objetos com que se entretêm as multidões. Do lado de cá, no tempo do dia a dia, o que se vê ajudando a caminhada do homem em busca de Deus é o radinho de pilha e o celular.

As cidades perdidas

Vazias, desertas, com um ar antigo e sossegado, parecem velhinhas modorrando ao sol. Continuamente, o êxodo dos filhos as enfraquece e lhes apressa o fim. A consumação final é lenta, imprevisível – há muita vida contida nelas.

No Brasil não há casas de pedra, não há cidades de pedra. Quando começa a desagregação, as paredes desmoronam, cai o telhado pelo apodrecimento das vigas, esbarrondam-se os tijolos de adobe. A água das chuvas lava e lava as ruínas. Aos poucos o mato invade exuberante o que restou: caruru-de-porco, de agressivos espinhos, a flexível guanxima, o mato-de-mamangava, maria-pretinha, juá-espinhento, mamona, arranha-gato e amor-seco-do-campo. Depois vem o melãozinho-de-são-caetano e trança os galhos, embolando tudo numa trouxa verde que dá o que fazer para destrinçar. Por cima, como uma coroa dourada, o cipó-sumo. Se a cidade for na várzea, perto de rio, riacho, ribeiro, brota a ouricurana verde e alaranjada, em pouco, árvore de galharia esparramada, o maracujá-roxinho sobe por ela. O maracujá-guaçu, o ingá, a goiabeira se animam e crescem viscosos. Forra o chão o capim-membeca. Mais para a beira da barranca se instalam o bastão-de-são-josé, com as braçadas brancas das palmas, e mais a banana-do-brejo, a canarana, cana-do-brejo e o chapéu de couro. A corruíra vem e faz ninho no ramo ainda novo do araçá. A quijara, o sapo-untanha e o sapo-boi praticam boa vizinhança, foi, não foi, foi, não foi. Cobra-coral e jararacuçu se enroscam e dormitam, só despertando quando passa junto delas, aos pulos, a preá – que é bom petisco, e era uma vez uma preá.

Era uma vez uma cidade.

Muitas ficarão por muitos anos ainda, talvez mais um século, um estágio acima dessa desolação. Têm o ar de velhinha doce, quando se embala na rede de embira. Têm os prédios antigos, lindos coloniais, com os janelões imensos e um mistério, um silêncio, uma paz, um rio que desliza muito manso, uns verdes em torno, à espreita, e uma gente que fala cantando sem pressa. Lá pra trás fica a serrania nos longes, Serra do Mar. Antes de chegar, numa estrada que é direitinho um saca-rolha, está o ponto mais alto da região, no espigão que é um esplendor. A cidade é boca de sertão. E, sendo boca de sertão, é um escoadouro de produtos sertão-dentro, um ponto de encontro de roceiros calados, vindos de fins de mundo, de grotões desertos, de vertentes onde-judas-perdeu-as-botas.

As coisas que esses homens e mulheres silenciosos aprenderam! Como sabem tecer e trançar balaios e esteiras e redes de covos e cestas e peneiras. E modelar o barro, como oleiros primitivos afeiçoando-o a modos de vasos e panelas, de figurinhas de presépio, de caxixi, espécie de miniatura de vasilhas de barro, são muito apreciadas nas cidades, para servirem de cinzeiro e de enfeites. E pelas crianças, então, lá mesmo no povoado sossegado, nem se fala.

Dia de semana o mercado é um deserto. O piso quebrado, um chafariz todo de ferro, caído a um canto, um ar de abandono. Dia de "saudo", ou ainda de domingo, vira formigueiro, de formiga corrução, a mais desinquieta. Enche de gente que é um despropósito, uma "imundícia". Em torno dele, os burros filosofam de manso, mastigando milho do bornal. Os jacás e balaios vêm cheios de cada coisa engraçada, gente! Tanta coisa engraçada e fora de moda aparece, vinda do sertão. A burrada com as bruacas e os serigotes. Tropeiro de panelinha de três pés. Umas velhinhas e umas mulheres mais novas sentadas no silhão de banda. O balaieiro fica de cócoras, negociando. A matutada faz compras para a "somana". Hora de voltar, enche-se o ônibus de sacos muitos alvinhos, cheios de mantimentos, amarrados com barbante.

Chegar a essas cidades é como ter viajado no tempo para trás. Ainda estão ali, com a mesma feição e as mesmas cores, o casarão de cem anos e outros sobrados, subindo cansadas ladeiras. E aquela rua calçada de grandes pedras irregulares. Como o seu avô ou bisavô, há cem ou duzentos anos, a oleira Antoninha Mulata modela o barro; como seu avô bugre, o balaieiro corta o bambu e trança as peneiras; como a sua gente sertaneja, Benedito Corote tece a palha. Clemente Santeira trabalha a tabatinga para fazer os santos. Esta introduziu um elemento novo, incongruente, na técnica dos santeiros: com um grampo de cabelo, um grampinho moderno, desses pequenos de aço, pintados, ela retoca o barro, faz o acabamento e o trabalho mais fino, conformando as feições da imagem.

É desses artesanatos, velhos como o homem no mundo, que vive muita gente na velha cidade. Duvido que qualquer desses artesãos saiba que mataram Kennedy, que nomearam o costureiro de Maria Tereza, que os agitadores armaram confusão, que há uma tal de lei agrária. É capaz que nem saibam se os Estados Unidos ficam pra cá ou pra lá de Taubaté.

Não vivem menos nem pior por isso.

Trazem-nos a pureza, o encanto, o indescritível encanto das artes primitivas.

Cinzas

Passou o tempo das Cinzas, ninguém reparou, ninguém se submeteu àquelas práticas suscitadoras de humildade, conforme a palavra grave do antigo Livro: "Lembra-te, homem, que és pó e em pó te tornarás!".

O que acrescentar ao *Memento, homo*[23]? Quais palavras dirão mais do que o que foi dito? Já chegamos à conclusão, se nos convencermos de que somos perecíveis, que o que amadurece apodrece, que o que sobe é obrigado a cair, que o que nasce, nasce para morrer. Mas foi o poeta e secundou: "Lembra-te também que és luz e luz tornarás a ser. Porque o pó e a luz nasceriam no mesmo dia e da mesma semente"[24].

A quaresma veio e se foi, e ninguém suspeitou sequer que ela esteve aí. E da Páscoa se lembram somente porque o comércio não nos deixa esquecer de comprar os ovos de chocolate. Nesta nossa terra de famintos, tudo acaba em comida.

Entrar na igreja nas quaresmas de antanho era fugir para um reino místico, assombrado, penumbroso, entre negro e roxo, num silêncio de catacumba. Aqueles conhecidos como santos, nos altares, eram formas anônimas, caladas, escondidas nos nichos silenciosos. A linguagem era a da confissão e da penitência. A alegria estava banida para sempre. E a confiança idem. E os santos, despidos de suas atribuições, tão desvalidos sem a procura dos fiéis! É certo que nesses tempos ninguém vai procurar Santo Antônio, para convencê-lo a patrocinar casamentos. Quaresma é

---

[23] *Memento, homo, quia pulvis es, et in pulverem reverteris*: "Lembra-te, homem, de que és pó e ao pó tornarás". Esse trecho é citado nas cerimônias religiosas da Quarta-Feira de Cinzas. [N. E.]
[24] Referência a texto do teólogo Jean-Yves Leloup. [N. E.]

trégua. Santa Rita dos Impossíveis não deverá favorecer milagres, numa hora dessas de tanta tribulação. Pausa no peditório a São Judas Tadeu para que resolva aqueles casos difíceis de falta de dinheiro, sem ter onde buscá-lo, e de contas antigas e SPC, que isso não havia em vida do prestimoso santo, padroeiro dos inadimplentes, novo nome dos caloteiros. Quem se lembra de Santa Bárbara?

E não é hora, ah, não é hora de queimar palha benta, e bem precisados de auxílio estamos, com tanta enchente, tantos raios e trovões e água brava, e tanto granizo, e tanta onda brava! E nem se chama Santa Luzia a ajudar a tirar cisco no olho, ela com aqueles olhos magníficos, brotados no rosto jovem de princesa, e outros olhos numa bandeja para oferecê-los ao seu algoz. E Santa Luzia, será a mesma? Passou por aqui, não se sabe por onde vai, com seu cavalinho comendo capim. São Longuinho também está de férias, e não mais o vemos procurando os perdidos em troca de três pulinhos ou de três gritos. Três gritos, vá lá! Que São Longuinho era um conspícuo centurião romano e devia estar acostumado com as ordens aos berros em meio de suas hostes. Mas três pulinhos!... Oferecidos a um oficial graduado?!...

Terminada a quaresma, voltam os santos aos seus afazeres, que é acudir necessitados e infelizes. Os que não têm mais a quem recorrer, senão a meia dúzia de santos desocupados.

Acabou-se a tristeza pentecostal, o que não nos ajuda muito, pois que há outras tristezas imperativas. Não necessitamos de panos roxos para nos lembrarmos da ingrata da vida. Estão aí a TV e os jornais, que não nos deixam esquecer. Está aí o solão de um verão que se eterniza. Estão aí os ventos as enchentes, os corruptos. Estão aí os aeroportos e o PCC. *Memento, homo!* Lembra-te que és pó. E nada.

Como antigamente

Petronius Arbiter, escritor e poeta do primeiro século da nossa era, escreveu o romance *Satíricon*[25], um dos mais curiosos documentos da literatura latina. Foi governador da Bitínia sob o imperador Nero. Revelou qualidades excepcionais de administrador, tendo exercido o cargo com justiça e energia. Voltou todavia para Roma, onde se entregou a uma deliciada existência de prazeres e ociosidade.

Amava a beleza, o amor, a força, a boa leitura, a poesia, as pedras preciosas, os belos estofos. Extasiava-se diante das obras-primas, comoviam-no os vasos de fino lavor, as esculturas, as mulheres bonitas. Afirmava que essencial a uma vida plena é a harmonia do corpo e do espírito. Entregava-se aos prazeres sensuais. Perfumava as espáduas no *elaostesium* após o banho. Coroado de rosas, reclinava-se para comer esquisitos manjares, servidos por adolescentes vestidos de amores. Em taças com altos-relevos de folhas de hera, bebia vinho. Durante o repasto, cantores de Antêmio entoavam o hino a Apolo.

Não é preciso dizer que Petronius era riquíssimo e que Nero o invejava. Tinha, além disso, na corte, muitos inimigos que os seus triunfos e a sua elegância lhe granjeavam. Por intrigas de Tigelino, incorreu no desagrado do imperador. Sua morte foi decretada.

Prevendo sua prisão, Petronius organizou um festim e convidou os augustinos residentes em Cumas. Passou horas escrevendo. Depois tomou

---

25 *Satíricon* é uma obra clássica da literatura romana, atribuída ao escritor Petrônio e datada do século I d.C. É um romance que retrata a vida extravagante de personagens da sociedade romana, apresentando uma sátira mordaz sobre os costumes da época. [N. E.]

banho e se vestiu com o auxílio das *vestiplícias*. Mandou trançar coroas de rosas para os convidados. As salas foram iluminadas com globos de vidro da Alexandria. Dançarinas de Cós volteavam pelas salas. Em meio ao festim, Petronius chamou o médico e mandou abrir as veias. Olhou pensativamente o sangue que corria e fê-lo estancar. Daí a uma hora, mandou novamente abrir as veias. Dizia que a morte era doce, que não doía e que apenas uma névoa começava a envolvê-lo. Reclinou a cabeça no regaço de Eunice, a escrava favorita.

Os cantores anunciavam o hino de Anacreonte. Petronius falou, sorriu, bebeu vinho. Atirou no chão o lindíssimo vaso de Mirrena que sabia cobiçado por Nero. E assim morreu.

Entre nós, em tempos românticos e não românticos, a morte acontecia com uma solene tranquilidade. Devagar. Bem comemorada, por assim dizer. Na cama era o lugar em que mais se morria. E as guerras? Lá era o corpo a corpo, só uns tirinhos de escopeta, sem aviões, sem truques, sem armas nucleares. Assim mesmo houve guerra que durou cem anos. O que morria de cavalos! No mais, era a cama. Parentela pisando em pontas de pés. Na penumbra, orações murmuradas, lágrimas, a vela acesa nas mãos do agonizante, e Ela chegando, a Indesejada das gentes. O homem sozinho. Ela devagar. Tinha-se dignidade.

Hoje a morte é por atacado. Barata e rápida. Nos corredores de hospitais, na rua, na fila do INSS. Por ordem do PCC. Rapidamente, em multidões, atropelamentos, bombas, furacões, tufões. Rapidamente. 11 de setembro. Mortes resultantes de descuido, de mau governo, de corrupção, de fome, de falta de segurança.

E aquelas mortes, diante de médicos, dando ordens sussurradas a um batalhão de enfermeiras, para virem enfim nos dar a grande nova: fizemos tudo que pudemos.

Ah!, não se morre mais como antigamente!...

Da solidariedade

Malba Tahan, ou Sherazade nas *Mil e uma noites*, não sei bem quem, contou a história de um ganancioso mercador que cozinhava certa porção de carne, quando um mendigo faminto quis amaciar o pão velho do seu alforge e torná-lo mais tragável, virando e revirando a côdea sobre a fumaça que se desprendia do caldeirão. O dono do cozido quis cobrar a fumaça, alegando que, se o cozido era seu, a fumaça também era. Ninguém tinha o direito de se aproveitar dela sem pagar. Tanto discutiram, que o caso foi levado ao grão-vizir. E então o esclarecido primeiro-ministro do sultão perguntou ao mendigo:

— Tem você algum dinheiro?

— Alguns níqueis que me deram, meu senhor.

— Passe-os para cá.

Toda a gente pasmou, pensando que o vizir iria obrigar o pobre a pagar.

— Toma este dinheiro! – disse o vizir ao mercador. — Sacode-o bem. Faz muito barulho com ele, para verificar se é bom. Estás ouvindo como tilinta melodiosamente?

— Sim, meu senhor – disse o ganancioso.

— Pois bem – sentenciou o vizir. — Devolve já o dinheiro desse pobre homem. Se já ouviste o seu barulho, é o bastante. Aquele que vende fumaça de cozido pode muito bem ser pago com barulho de dinheiro.

(Sem nenhuma alusão a tanto barulho de dinheiro que estamos ouvindo ultimamente, para pagar a fumaça da abastança.)

Lembrei-me da conversa com uma migrante que, vinda do sertão do Guanumbi, levou três meses para atravessar o sertão.

— Passou quase dois anos sem chover. Depois choveu bem. Plantamos, e, quando chegou o tempo da colheita, bateu água e estragou as plantas. Não tinha mais o de-comer. Nem farinha. Largamos tudo. Muitos de nós morreram pelo caminho. E outros caíram vivos, e tivemos que deixar pra trás. Quando chegamos ao ponto de embarque, lá havia uma árvore, um mangueirão copado, e a gente nem não aguentava mais, e era preciso pagar cinquenta centavos por pessoa pra gente se assentar na sombra.

Demóstenes nos conta do almocreve que queria vender ou alugar a sombra do seu burro. Essa velha migrante, sofredora de muitas secas, nem quer saber talvez que sombra é coisa que não tem dono. E talvez tenha pagado cinquenta centavos por um retalho de repouso, que seria seu, de direito, se não existissem mercadores de suor, de sangue, de lágrimas, de sombras e de fumaça de cozido.

Abrimos os jornais cada manhã e lemos notícias dos milhões esvoaçantes, viajando em maletas e em outros envoltórios.

De onde vem tanto dinheiro? Não teria vindo dos repetidos cinquenta centavos de cada um de nós?

O que recebemos em lugar de educação, saúde, transporte, tranquilidade, segurança? O que compramos com os dinheiros da terra seca, de raízes mastigadas na hora da fome, de brasa viva queimando os pés, do trabalho escravo, da desesperança.

Por enquanto recebemos o tilintar do dinheiro esvoaçante, a sombra dos burros e a fumaça dos cozidos alheios.

A festa dos treze dias

Eu ainda sou do tempo em que festa de casamento durava oito dias. Nos fazendões do Sul de Minas, era comum começar a matança de bois e de leitões, de frangos e perus para o casório numa terça-feira. Quarta começavam a chegar os convidados. Vinham de longe, empoeirados arranchavam-se na casa grande. Depois transbordavam para as casas de agregados, por ali. Ficava gente no terreiro, na tulha, no rancho, no paiol. Por essas alturas, a despensa estava até o teto de doces, nas caixetas e nos bolões de barro vidrado. Nas prateleiras alinhavam-se os quindins e bons-bocados, bem-casados, papos-de-anjo, espera-marido, brevidades e sequilhos. Mas havia também doce de abóbora, de batata, de cidra, de gamboa, de limão-doce, de laranja-azeda. Eram os mais chinfrins, desses de guardar em lata vazia de banha, de vinte quilos. Fazia-se deles às arrobas. O casamento era para sábado. Mas bem inhantes: vá de comer, vá de beber, vá de festar. O compadre trazia consigo a familiagem e mais a obrigação. Quinta-feira chegava o padre, recebido com todas as honras, lá dentro, hospedado por três dias, como um rei. Sexta enfeitava-se tudo com galhardetes, bambu e folhagem.

Sábado cedo era o casamento, com vivório e foguetório. E não era acontecimento dos mais raros a noiva, afrouxada a vigilância em que a mantinha o pai, patriarca de velha cepa e maus bofes, no sábado mesmo bater as asas, na garupa do cavalo de um namorado antigo, deixando o marido com cara de bobo. Sábado, pois, era o casamento. Em seguida vinha o banquete, uma comilança espantosa, e à noite os bailes: com violino e piano no salão, de sanfona no terreiro. E que bailes! Iam até sol raiar, sete, oito horas da manhã de domingo, de segunda, de terça. Terça-feira, de tardezinha, o compadre chupava um último ossinho de galinha, ajeitava as esteiras em cima do burro, botava a tralha e as crianças no cargueiro, a comadre fazia um amarrado de pano de prato com quitanda e doce seco, arrumava a matula para comer no caminho, e era na quarta-feira cedo, antes do sol raiar, que os convidados tomavam preguiçosamente, e com pena, o rumo dos seus pagos. Atrás deles ficava a calamidade. Se era tempo de milho, tinham sido talhadas todas as espigas. Não ficava nem um ovo nos ninhos, para remédio. Nem uma fruta nas fruteiras do pomar. Nem laranja, nem banana, nem marmelo. Que digo? Nem joá, que é frutinha desprezível. Nem grumixama. Nem maria-pretinha. Homem, nem jenipapo! Se duvidar, nem carambola!

Na minha terra, a festa do padroeiro é à antiga, à moda do tempo da fartura, Santo Antônio, a 13 de junho. A festança começa dia primeiro. Não há matança de gado, nada de comes e bebes, está certo, que as coisas não estão para isso — nem churrasco para o povo, nem rodeios, nem congadas, nem danças públicas. Nada de pão e circo, que isso são práticas obsoletas. As maneiras de gastar o dinheiro também têm que acompanhar o progresso, e é bom não esquecer que estamos na era da televisão, isto é, muita ilusão e pouca substância.

Durante treze dias a cidade inteira se engalana. As guirlandas de luzes coloridas atravessam as ruas, no alto, e brilham e parecem tão solitárias na noite, tão miúdas e frias e sozinhas! Tão solitárias nas ruas vazias! Mas as estrelas também são solitárias, solitária é a rua, solitário cada um em seu canto no frio! Por um instante a rua se povoa de sonho e de sonoridades. E lá se vão pelos ares, levadas nas asas do vento, as notas entusiásticas, é festa!

A procissão caminha, um santo pensativo desliza acima das cabeças; a igreja toda iluminada se enche de vozes, tosses, ruídos, palavras lindas. A nave esplendente, enfeitada. Tudo rosa, tudo claro, tudo lindo, flores de macieira, às braçadas, festa nos enfeites, nos dourados, festa espocando, festa de papel, de gaze, de tule, de fumaça, de arruído, de arabescos. Os olhos descansam nas lágrimas dos foguetes. É festa, é festa!... que nem só de pão vive o homem, mas também da graça e da beleza.

De casamentos
e piqueniques

Dizem que não mais se ama como antigamente.

Onde aqueles acentos desesperados, como os de Beethoven: "Sou eternamente teu, tu és eternamente minha, somos eternamente nós dois"? Claro que havia aqueles casais que não se davam. E havia noiva que no dia do casamento, saía na garupa do cavalo do antigo namorado, vetado pelos pais dele ou dela. De certa maneira, ninguém se casava com quem queria. Contra essa liberdade de escolha atuavam os pais e a sociedade em geral. Eis que de repente, não mais que de repente, liberdade total. A sociedade fecha os olhos. Aceita-se o casamento de mulher de setenta anos com rapazes de vinte e cinco (o contrário já era aceito há muito tempo. Criou-se até um provérbio, essas gotas de sabedoria popular: para bode velho, broto novo, para definir a situação desequilibrada de um idoso que levava ao altar a menina que poderia ser sua neta). A liberdade vai mais além, e já estamos às voltas com casamentos entre criaturas do mesmo sexo. Do fundo do século ainda se ouve a voz lancinante, dirigindo-se à amada Imortal: *Meu anjo, meu tudo, meu próprio Eu!* As frases que Antonie Brentano[26] não leu.

Muito bem! Os tempos mudaram. Oh! Tempos, oh! Costumes. Não há nada que se possa fazer, contra a correnteza, que é, vamos dizer, como o destino. Assim como o rio não volta, a nossa vida não caminha para trás.

---

26 Antonie Brentano foi muito próxima de Beethoven, e essa relação tem sido objeto de especulação ao longo dos anos, com algumas sugestões de que eles poderiam ter tido um relacionamento romântico ou de que ela teria sido a "Imortal Amada" para quem Beethoven escreveu uma carta apaixonada em 1812. [N. E.]

O que mais se ouve falar é que a vida mudou. Que os casamentos não são mais como antigamente. Vamos começar pela cerimônia. Desiguais são os níveis de quem casa. O casamento em si, não. É o mesmo passeio pela nave da igreja, a noiva de branco, vestida com uns modelos que Deus nos defenda. O mesmo tapete gasto que a igreja aluga, os mesmos enfeites de fita branca de cetim e de lírios, amarrados nos bancos da igreja. A mesma ave-maria, esganiçada, ou tocada em violino, a noiva que chega atrasada, para gozar a entrada triunfal, que hoje ela é a Cinderela, e os mesmos comentários entre os assistentes. E a conversa do padre, as lágrimas da mãe, tudo igual. Os noivos recebem os cumprimentos e depois é a recepção, a gente fecha os olhos e já viu isso "trocentas" vezes.

A vida a dois tem alguma divergência devida ao fator época. A mulher continua mandando como sempre mandou. E o fiel maridinho escapulindo como os maridinhos sempre escapuliram.

Onde a diferença? Ah! Uma grande diferença. Hoje a gente pode descasar. Hoje a mulher trabalha, não precisa ficar mais às custas e na dependência do marido. Em termos.

O casamento que passou de ritual a espetáculo, e isso não é de hoje, pode então ser desfeito. Muito bem!

Compreendo que se pode estar preso a tudo, ao subemprego, à posição social, aos bancos, à opinião dos amigos, às nossas próprias convicções, menos ao próprio casamento. É assim mesmo. Assim se vive e assim se desvive. E assim se convive.

Bela coisa, o casamento! Ali vão dois pombinhos, com o firme propósito de conseguir ir até o fim de um sonho e de vencer as agruras da vida, juntamente, de mãos dadas, com a pessoa escolhida, hoje mais escolhida do que nunca. Acreditam que estão certos: o homem da minha vida, a mulher da minha vida. São essas expressões que conduzem à vitória (mas soam ridículas, para quem está de fora).

Alguns vão ao casamento como quem vai a um piquenique. Se não der certo... Pois é. E aí, no caso, descasar é uma vitória. A última conquista dos tempos modernos e a mais difícil. Que aconteceu contra as convicções dos mais velhos, dos enquistados, dos retrógrados? É alforria e afirmação. Somente que acontece uma coisa muito curiosa. O arrependido acaba com o casamento e consigo mesmo, pelo menos por um tempo. É uma espécie de virose que resulta em depressão, angústia, uma tristeza infinita, um arrependimento, um não saber, um não se conformar... quando o contrário é o que deveria ocorrer, ao se livrar cada um de um trambolho.

As pessoas são mesmo inconsideradas e contraditórias, mas o que é notável é que a sociedade parece achar natural essa atitude. Já ouvi comentários: "Ela tem razão de estar assim, coitada! Está se separando". E até existem conselheiros matrimoniais, para ajudar a superar essa fase, quando se sabe que em briga de marido e mulher não se deve meter a colher.

Vamos supor e simular a volta do piquenique:

Faz-se o chá, com presentes de todos e fofocas murmuradas. O cabeleireiro terá bastante trabalho, pois não somente as mocinhas, mas principalmente as peruas, algumas já divorciadas, arrumarão as melenas, a fim de parecerem artisticamente despenteadas. Estaríamos lindamente fashions, e se alguém nos perguntar por que assim nos enfeitamos, e onde é a festa, diremos que vamos assim com essa roupa e esse ar de festa ao descasamento de João e Maria. E haverá aquela linda atividade de atirar o buquê para o grupo das futuras candidatas a esse festejo. Aquela que o conseguir segurar será a próxima candidata a ex-noiva.

Pois é assim. Quanto a mim, eu acreditarei na nova fórmula de casar e de viver se alguém frivolamente, alegremente, de olhos enxutos e alma leve convidar a mim e aos amigos para a festa do seu descasamento.

Eva, a primeira mulher

A ela foi imposta a responsabilidade da primeira culpa.

Todos estavam estreando: Jeová na sua primeira maldição – a serpente, que por essa não esperava. Adão condenado a ingerir erva do campo, a comer o que conseguisse com o suor do rosto, a tornar à terra, pois da terra tinha sido tomado, porque era pó e em pó se converteria. Além de participar dessa sentença como criatura humana, *memento quia pulvis es*[27], teve a sua partezinha em separado: multiplicarei grandemente a tua dor e a tua concepção. Com dor parirás os teus filhos e o teu desejo será para o teu homem e ele te dominará. A última parte da sentença foi tão conveniente ao homem, que dá para se suspeitar da imparcialidade do Pai.

Além de ter a primeira culpa, Eva deu à luz o primeiro crime, isto é, o primeiro filho Caim, com o que principiou a longa história de dor e ignomínia da Humanidade.

Essa mulher nos perdeu, outra seria a nossa redenção.

A que seria a Intercessora.

O mundo está desnorteado porque a mulher está desnorteada. Ela, que sempre contou o homem como companheiro e que o apoiava e protegia, mas femininamente, como uma liana traz sombra e frescor à árvore em que se enrosca. E perfuma os troncos brutos. E floresce, agarrando-se com as gavirinhas aos ramos tortos, e perfuma o ar, formando nos encontros dos galhos uns côncavos macios forrados de folhas, onde os pássaros fazem ninho.

---

27 "Lembra-te que és pó."

Pois é. A mulher está desnorteada por enquanto. Ainda não sabe se desenlear do caule em que sempre se apoiou. Vemos que continua a tornar como modelares os costumes do macho. Se ele pode rolar por aí com qualquer mulher, porque não pode ela fazer o mesmo com qualquer parceiro? Se ele pode fumar e beber, por que não podem as mulheres fazer o mesmo? E como chefe de seção, ela endurece a voz e a alma e se torna tão desumana quanto um feitor ou os chefetes em geral. Algumas capricham no descaramento, pensando que a liberdade consiste em fazer tudo que a sociedade complacentemente permite aos homens. Isto é, ela se permite tudo, esquecida de que à mulher compete dirigir o mundo à sua maneira feminina, forte, clara, tranquila.

Educar. Para isso ela veio. Para educar os homens.

Desde séculos se diz que por trás de um grande homem está sempre uma grande mulher.

Eu diria que junto, não por trás.

Não se pode esquecer o exemplo de uma Marie Curie, do que ela e Pierre Curie, ambos *pari passu,* ofereceram ao mundo. E quando se lê o comovente livro escrito por sua filha Eva, vemos que Marie jamais deixou de ser feminina, suave, dona de casa, mãe, mulher enfim. Mulher. E foi uma cientista completa. E a única criatura no mundo a receber duas vezes o prêmio Nobel, em duas áreas distintas.

Todas essas acontecências de agora dizem respeito a uma parte da humanidade, antes escravizada e sofrida, que quebrou os grilhões e saiu tontamente pelo mundo, sem preparo para enfrentar uma vida que realmente até desconhecia.

Várias gerações se passaram desde as sufragistas, e os costumes ainda não se acomodaram às novas circunstâncias. Nem as famílias aprenderam a se conformar aos moldes atuais. Gerações e gerações vítimas da mudança destruíram o lar antigo, oásis da vida. Nada de compreensão, de silêncio, de altruísmo, de alegria. A violência se instala, nem homem nem mulher abdicam de direitos que se tornaram obsoletos. O homem ainda quer dominar a frágil figurinha que lhe fica ao lado rebelde, teimosa, irredutível. A mulher, ah!, essas! Algumas mandonas acham que aos gritos e aos trancos mantêm a liberdade. Outras ficaram no passado, saudosas do mancebo romântico que, no dizer de Roberto Carlos, ainda leva flores à namorada. Onde os presentes, os bombons, as joias raras e caras, a proteção, oferecer o lugar no ônibus, levantar à sua chegada, a serenata na ruazinha adormecida, o acróstico que lhe é dedicado? Essas querem essas coisas de antanho e mais a licença de fazer quanto queiram, de proceder sem respeito aos sentimentos humanitários, vivem contra o homem, pois que os costumes favorecem o egoísmo. E assim uma grande parte das mulheres quer comer o bolo e o ao mesmo tempo guardá-lo no armário, milagre que nem Cristo conseguiu fazer. Ele pregava: "Não assim no mundo de hoje, como deveria ser, homem, homem, mulher, mulher, nenhuma contrafação". Como dizia São Martinho: cada um seja o que é, ou nunca será nada. Cada um com suas virtudes inerentes, a sua psicologia, a sua biologia bem diferenciada, cada um vencendo a seu modo, sem imitações ridículas e frustrantes.

Um resultado do caos advindo de lutas sociais e alterações no modo de viver é que a maioria das mulheres abdica do seu destino mais sagrado: ser mãe.

Juventude

Quando os moços deixam o cabelo crescer e o fazem cruzar bem bonitinho atrás, ou ajeitam as ondas com as costas do pente, pensando que não percebemos o arranjo artificial, ou quando usam calças de cintura baixa e blusinhas baby look, nada disto me inquieta. Não vejo em que isso é diferente das calças boca de sino, do paletó curtinho cinturado, dos sapatos de verniz de bico fino, do cabelo repartido ao meio e empomadado, da palheta e da bengala, de há sessenta anos. O rock e o funk até que não exigem tanto quanto a conga e o shimmy, e nossas mães já tinham o charleston e aquela dança inominável, que escandalizou Paris e se chamou maxixe.

A lei é que os moços se empavonem com as moças, que dancem, que inventem passos e vivam a sua vida, e que se tornem independentes das carrancas dos pais. Não vejo nada demais nisso. Mas o que me inquieta é que a juventude não se entusiasma. Acabou-se o quente idealismo que víamos nos moços, os seus olhos brilhantes, a temeridade, o espírito de aventura. E tanto não sente emoção alguma, que a anda procurando onde evidentemente não está. Não vejo moços lendo livros de aventuras, nem amando os poetas, nem admirando as mulheres, nem nas galerias de pintura, nem nos jardins, nem nos parques, nem na Bienal. Homem! Nem nos campos de esporte, onde a maioria é de quarentões. Então onde estão os moços? Nos programas de auditório, ali estão, no cinema, nos shoppings, em matinês informais. Sempre em atitude negligente, sem interesse, de olhos lânguidos e gestos cansados, nem um lampejo de alegria, nenhum belo riso, nenhum impulso, fazendo tudo fatigadamente como os velhos. Alguns arrastam os pés.

Não os vejo mais nos teatros nem nos concertos. E isso me inquieta. Como também me inquietam as suas preferências musicais. Ultimamente me pareceu sentir um certo calor na voz dos moços que trauteiam melodias em voga. Prestei atenção. Era a música da Cássia Eller, não sei bem se se trata de compositora moça, acho que sim, e nisso não vai dar a menor crítica ao seu merecimento. Quero dizer, não a conhecer não implica hostilidade nem desdém, é que sou incuravelmente caipira e não gosto de televisão. Ela foi e continua sendo uma porta-voz da juventude e canta coisas que lhes agradam.

"Só peço a Deus, um pouco de malandragem – eu sou poeta e não aprendi a amar."

Isto aí pretenderá ser uma canção de amor? Acho que sim. Mas é a filosofia da juventude.

Poderão dizer por que agrada? Ora, é só reparar no indisfarçável triunfo com que ressoa o malcriado estribilho. "Só peço a Deus um pouco de malandragem…" Isto me inquieta. E muito mais, muito mesmo, porque não temos modelo para pôr diante desses moços, e isso que temos, todas essas coisas que temos e fazemos e apresentamos, a vida, esta vida, mesquinha e sem ideais, bem merece a muito cantada imprecação de Cássia.

Da ressaca

Em casa de enforcado, não falar em corda, lá diz sabiamente o ditado popular. Pois não falemos de ressaca neste momento de grandes festejos, mas da sua cura.

O jornalista Henry McLemore[28] regressou de uma viagem ao Japão, com um processo extraordinário de cura da ressaca: "Quando lhe doer e latejar a cabeça, em consequência de excessos de bebida, dispa-se completamente, fique de pé, de pernas abertas sobre a terra nua, numa posição bem ereta, os punhos às costas, presos firmemente pelos dedos. Em seguida peça a uma pessoa que lhe despeje sobre a cabeça quatro ou cinco litros de água gelada. Isso completa o círculo celestial entre o céu e a terra, através do homem, expulsando-lhe do corpo o demônio da ressaca".

Suponhamos alguém resida num apartamento, no Rio de Janeiro ou São Paulo, centro, está curtindo uma dor de cabeça que o deixa louco, adquirida nas festas, e então resolve sair para tentar o heroico remédio japonês. Poderá escolher um canteiro florido, num dos parques da cidade, únicos lugares onde ainda poderá pôr pé em terra nua.

O duro vai ser depois convencer o policial de serviço, a respeito do círculo celestial.

Nos Estados Unidos os beberrões aconselham uísque com água gelada, para beber, como quem diz: mordida de cão se cura com o pelo do próprio cão.

---

28 Henry McLemore foi um jornalista, colunista e escritor estadunidense. Ao longo de sua carreira, escreveu para o *New York Herald Tribune* e para o *Los Angeles Examiner*, onde sua coluna sindicalizada ganhou grande popularidade. Era conhecido por seu estilo de escrita divertido e por suas colunas que tratavam de uma variedade de tópicos, incluindo entretenimento, esportes, viagens e fofocas de celebridades. [N. E.]

Na mesma linha de pelo de cão, temos o testemunho de W. C. Fields, o antigo ator cinematográfico, que preferia para tal cura cerveja preta ou branca, embora muitos dos seus conterrâneos prefiram gim e champanha em partes iguais.

Os magiares, grandes cavaleiros e amantes de bebidas fortes, recomendam uma mistura de tabaco e esterco de andorinha, para beber. Os assírios de antanho usavam um pó de bicos de andorinha, fervido em água, juntamente com ervas aromáticas. Catão recomendava uma refeição sólida, constante, de couves cozidas com amêndoas amargas, amassadas, cruas. Plínio registrou para a ressaca um mingau feito com ovos de coruja, pulmões assados de javali, guisado sobre o qual se esparramaria pó de pedra-pomes. Na Riviera Francesa usa-se suco de limão, com absinto e xerez.

No Brasil usa-se tudo isto: gemada de cerveja gelada. Cerveja preta com champanha, mistura chamada Veludo Negro. Suco de tomate gelado. Chá de cravo-da-índia. Suco de couve com pinga. Água de azeitona de lata. Comer batata cozida, fria. Chucrute frio. E por aí vai.

Há outros remédios, digamos emocionais. Por exemplo: mergulhar num banho de água gelada, que, com o susto, acaba a sonolência e o turvamento. Alguns recomendam apenas se sentar na água gelada. Levar um susto muito grande. Saber uma notícia ou calamitosa, ou como comunicado de morte, ou grandemente jubilosa, como ter tirado um prêmio de milhões na loteria. Ou morte da sogra.

É muito usado um remédio preventivo: beber um litro inteirinho de leite gelado, *antes* de beber.

Entretanto, seguro mesmo conhece-se um só remédio.

NÃO BEBER.

Encontrar-se

Perseguir a felicidade é destino dos homens, o que está afirmado e reafirmado no folclore – que é a nossa verdade mais profunda, o imperativo dessa fatalidade.

Os jornais estampam em grandes títulos: cada vez mais jovens bebem. E bebem em excesso, no chamado primeiro mundo ou no Brasil. Segundo o Programa Álcool e Drogas sem Distorção, do Hospital Albert Einstein, São Paulo, nossos adolescentes já correspondem a dez por cento de brasileiros que bebem pesado: são três milhões e meio de jovens. A "Adega" é o que se parece com uma conquista para uma vida livre, e, no entanto, mais uma escravidão que se prenuncia.

Outras preocupações existem. Para Saramago, é se os livros dados às crianças devem ser acima de seus conhecimentos.

Urge que façamos alguma coisa.

Claro, todos estão preocupados com o acúmulo de crimes, de assaltos, de assassinatos, de namorados matando a namorada, de presidiários que saem nas datas magnas – de dia das mães e dia dos namorados – e não voltam mais. Ficam aí pelo mundo, pelo nosso mundo infeliz, aprontando ainda mais do que nas primeiras vezes, escolados que estão pelo estágio e pelos contatos na prisão. E preocupados com a política nossa de cada dia, cala-te boca!

Afinal de contas, só encontramos e inventamos necessidades que de pouco servem para nos encontrarmos a nós mesmos. E de vez em quando colocamos a culpa no Tinhoso.

Na tradição oral brasileira, conforme coleta feita nos arredores de Bragança Paulista, o casamento está sob a influência de nove demônios.

Os recém-casados não devem brigar, para não os atrair. Quando duas pessoas se casam, logo que saem da igreja, são seguidas por nove demônios, cujo fim especial é tentar o casal. Se o casal não brigar nos três primeiros dias, dos nove demônios vão embora seis e ficam três. Se brigam, vão embora três e ficam seis. E se o casal brigar no primeiro dia, então ficam todos os nove. Os casadinhos nunca mais têm sossego. Durante as horas em que estão longe um do outro, os demônios também se dividem. Quando estão juntos, os nove demônios ficam dançando em torno deles. Se o marido der um beliscãozinho na mulher, todos os demônios ajudam a beliscar. Ela recebe nada menos que dez beliscões num só, e o barulho está formado. Quando o marido sai, é seguido por três demônios. Três ficam fazendo companhia à mulher. Dos três restantes, um tenta a vizinha da esquerda, outro a da direita e o terceiro a da frente. Assim nascem os mexericos. A mulher, vigiada pelos três lados, aproveita os fundos da casa, para trair o marido. Quando isso acontece, os demônios brincam de roda. Os que seguem o marido arranjam-lhe mulheres bonitas. Se há separação, um demônio toma conta dos filhos, outro segue o marido e os outros sete seguem a mulher. É por isso que a mulher separada do marido anda pintando o sete. Quando um dos dois morre, os demônios se juntam novamente e ficam na porta da igreja, esperando outro casal.

Perseguir a felicidade. "Há sempre quem esteja reclamando porque as rosas não têm espinhos. Eu me sinto grato porque os espinhos não têm rosas" (Alphonse Karr, 1808-1890)[29].

---

29 Versos de autor anônimo *citado por* Alphonse Karr em *Lettres écrites de mon jardin* (1853, p. 293). [N. E.]

Olhai os lírios do campo

E porque assim passam as glórias do mundo, convém comparar glórias de ontem e desgraças de hoje do outrora encantado Iraque, quando, por exemplo, pontificava o lendário rei Salomão, que viveu cerca de mil antes de Cristo – quando o povo hebreu, com o nome mudado para israelita ou judeu, era inumerável como as areias do mar. Salomão foi um rei fabuloso, de tanta riqueza e poderio como nunca no mundo houve igual. Seu domínio eram todos os reinos, desde o país dos filisteus até a fronteira do Egito. Na sua mesa apareciam diariamente dez bois gordos, cem carneiros, veados, corças, bois monteses e aves cevadas. Tinha quarenta mil manjedouras de cavalos de tração e doze mil cavalos de montar. Edificou o Templo de Jerusalém, onde nada havia que não fosse de ouro. Suas frotas, construídas e equipadas por marinheiros fenícios, os melhores navegadores do tempo, partiam do Porto de Eziongaber, no Mar Vermelho, em demanda de Tiro, de onde traziam a suntuosa púrpura; e em demanda de Ofir, o misterioso país do Oriente, de onde vinham as pérolas, grandes como ovos de pássaros; e tinha o ouro e as pedrarias faiscantes. Salomão vestia túnicas de seda e arrastava mantos de púrpura. As suas setecentas mulheres, quando viam das gelosias do harém apontarem as embarcações, sentiam estremecer o coração de alegria. Ali vinham panos finíssimos, transparentes, panos de nuvem, de luz, de teia de aranha, de sol, de chuva fina, de aragem.

No harém o rebuliço era grande. Afinal, cada uma tinha o seu quinhão de tecido de fumaça e de penugem. E cada uma nele se envolvia, dobrando e ajeitando, e afofando, para algo acrescentar aos seus encantos, ao usarem as vestes com donaire e graça. E com isso, como hoje, ficavam todas mais despidas que vestidas.

Foi mil anos mais tarde, quando a pobre nação de Israel, batida e devastada, gemia sob o tacão do vencedor, que alguma coisa de definitivo se disse a respeito de Salomão e seu luxo. Cristo, levando a singela túnica de algodão branco e ao ombro um pano, à feição de manto, advertiu:

"Olhai os lírios dos campos. Nem Salomão em toda a sua glória se vestiu como um deles."

Que usava, pois, tão ofuscantemente rico, o velho rei?

Consta que escolhia para si tecidos de lã, coloridos, vindos de Sidon e de Biblo, bonitos e leves, a fazenda pesada, fofa, que os de Tiro coloriam com a tinta vermelha extraída de um molusco gastrópode. Manto de púrpura, só para os reis. O colorido era de um vermelho quente, vibrante, solene. Quando saía a público, era único, marcante, com todo o vestuário encantatório.

Hoje a moda é o único reino sem protestos e sem rebeldia, todos e todas nós, servos humildes, legião. Seja o que for que nos empurrem os modelistas, costureiros, cérebros brilhantes em busca das novidades (a maior parte das vezes novidades velhas), seja o que for, nos encontra de rosto radiante, alegria muita e conformidade total.

E quando saímos, no último rigor da moda, solenemente de busto erguido e cabeça altaneira, reis por um dia, ou uma hora, esquecemos completamente a palavra grave do Cristo em seu mandamento e gentileza:

"Olhai os lírios dos campos. Nem Salomão em toda a sua glória se vestiu como um deles."

Roubos e arroubos

Foi quase tão grande quanto o assalto ao trem pagador, perpetrado pelo carpinteiro Ronald Biggs e outros quinze comparsas britânicos, em 1963. Estou falando do que uma turma de brasileiros aprontou em Fortaleza, em agosto de 2005[30]. Levaram tanto dinheiro, que o peso chegava a três toneladas e meia! As notas desses R$ 164 milhões de reais, enfileiradas, formariam uma tripa de mais de trinta quilômetros de comprimento. Dinheiro que não acabava mais.

Ah! Mas acaba, sim. Os R$ 220 milhões abiscoitados pela turma inglesa – 2.631.784 de libras esterlinas, até hoje talvez o maior roubo de toda a história – foram rateados entre os meliantes, e cada um ficou com algo em torno de R$ 15 milhões. Para Biggs, preso menos de um mês depois, serviu para corromper funcionários do presídio inglês para que pudesse escapar. O que sobrou serviu também para que ele vivesse por três anos na Austrália, mais um ano no Panamá e, enfim, para chegar ao Rio de Janeiro, já de tanga, sem tostão. Voltou ao ofício de carpinteiro. Estabeleceu-se. Casou-se. Ficou por aqui até 2001. Depois desses trinta anos e dois derrames, decidiu entregar-se à justiça britânica e foi preso.

Do roubo de Fortaleza, não se sabe se o dinheiro acabou. Mais de 30 pessoas foram presas, mas os líderes, os cabeças, esses não foram pegos.

---

30 Ruth Guimarães se refere ao assalto ao Banco Central em Fortaleza, Ceará, ocorrido em 2005, considerado o maior da história do Brasil em termos de valor roubado. Os criminosos conseguiram subtrair aproximadamente R$ 164,8 milhões (cerca de US$ 70 milhões na época) da sede regional do referido banco. [N. E.]

Uma artimanha os ajudou: deixaram pistas que levaram a polícia a encontrar parte do dinheiro, cerca de R$ 60 milhões. Enquanto os policiais se ocupavam em recuperar esse dinheiro, os mentores fugiam.

Porque há criminosos que deixam pistas, uns por excesso de soberba, outros por burrice mesmo. Pois em Cachoeira Paulista um ladrão, depois de esgueirar-se para dentro de uma casa e furtar diversos aparelhos, deixou mais do que pistas. Deixou um bilhete. Assinado.

O bilhete veio cair nas minhas mãos, mostrado por um dos familiares da casa assaltada.

João Geraldo da Silva (ou algo assim, porque já faz algum tempo e minha memória não é tão boa) escreveu isto, sem tirar nem pôr: "Eu não sou ladrão. Afanei umas coisas que estavam aqui dando sopa, com a porta só encostada, porque estou desempregado e não vou morrer de fome. Volto pra pagar, quando estiver melhor de vida. Assinado: João Geraldo da Silva, vulgo Orelhinha".

Crime e castigo

Entrou um ladrão no quintal do Sr. Domingos Carvalho, no Alto da Boa Vista, na cidade de Cachoeira Paulista. Depois de roubar uma galinha, uma chave inglesa e um jogo de chaves de boca, deixou o seguinte bilhete: "Eu não sou ladrão, mas por causa de procurar emprego e não encontrar, eu vim entrar nesta casa, pois faz três dias que eu procuro emprego e não acho, e morrer de fome eu não vou. Sr. proprietário, peço muito desculpa de eu fazer isso. Eu nunca roubei, essa é a 1ª vez. Daqui a dez anos eu venho pagar este prejuízo. Desculpe. Atenciosamente. Ass. Orlando Mateus de Alencar".

Da necessidade surge, de um lado, a tolerância. Ah!, coitado, tem família, os filhos passando fome, não há um cristão que lhe dê emprego. Da necessidade surge, por outro lado, a anodinia. Da primeira vez o ladrão tem suador, medo de ser apanhado, de repente o dono da casa tem uma espingarda... Mas tanto vai o pote à bica, do furto ao roubo, que é a situação de ameaça à pessoa, até o assalto, que é roubo com lesão corporal, a violência segue num crescendo insuportável.

O caminho é eivado de espinhos. Lá está uma lista de agressões à pessoa do outro. O constrangimento do chefe malcriado sobre a funcionária pobre que depende do salário. O escárnio do colega de trabalho sobre o companheiro, porque é anão, porque é preto, porque é analfabeto, porque é qualquer coisa que não devia ter sido. Isso também é assalto, como o calote também o é, como a venda de produtos estragados, como a pirataria, como a mentira.

A cada vez, os assaltos aumentam em crueldade. Mata-se por quase nada. Nunca há necessidade de matar, por isso nem dá pra falar que hoje em dia se mata sem necessidade. Desaparece o respeito para com as posses, em seguida virá a falta de respeito para com a vida.

Dia desses apareceu na porta da minha chácara uma senhora. Conhecida, de vez em quando trazia um artesanato, um bordado, para vender. Dessa vez, vinha explicar que o filho de 17 anos tinha "limpado" a casa pra arranjar dinheiro. Levou o aparelho de DVD novinho, eletrodomésticos, o que pôde. Com certeza furtava a mãe para comprar drogas. E ela, descoroçoada, apelava para um empréstimo, coisa pouca, de trezentos reais, para uma comprinha, porque não tinha mais nada de comer em casa. Para onde vai esse moço, que atira a própria família na fome e na mendicância?

Certos escritores de romances policiais inventam ladrões bem-humorados e muito apreciados. Assim Arsène Lupin de Maurice Leblanc, Maigret de Simenon, Robin Hood e outros. Foi a romantização do crime. Um dado cultural a ser acrescido no emaranhado social dos delitos. Mas o crime não é culpa da literatura. No entanto, é certamente culpa da falta de educação.

A distância que existe entre o moço que rouba a mãe e o pé-de-pano que invade o quintal do Sêo Domingos e deixa um bilhete está apenas na oportunidade. A ocasião faz o criminoso, se a base educacional é fraca ou não existe. Humberto de Campos dizia assim: "A ocasião não faz o ladrão, mas revela o ladrão".

Suburbana nº 4

A reunião do Corintinha (S. C. Corintinha) é às quartas-feiras, nos fundos do bar do seu Manuel, presidente sócio-fundador. Seu Manuel ocupa solenemente a cabeceira da mesa, e a discussão começa. "Peço a palavra!", diz um sócio, de cara fechada. E desenrola a longa queixa: "Domingo vieram dois enxertos de Poá. E para essa gente que vem de fora é dinheiro, é lanche, e pra nós, que damos o sangue aí no campo, em todos os jogos, até uma pinga, que a gente compra fiado, daí a pouco (uma olhadela inamistosa para o lado do presidente) estão cobrando". Seu Manuel se remexe inquieto: "Mas vocês compreendem... se não se agradar a essa gente... oh!, raios, precisam compreender". Alguns abanam a cabeça, e um deles resmunga: "Eu vou falar...". "Depois você fala!", e passam para o sempre atual problema do uniforme. Jamais sobra dinheiro para comprar os sonhados calções pretos e, que diabo!, o clube se chama Corintinha. Ruidosamente dissolve-se a reunião, terminada com algumas pingas a dinheiro e outras fiado, apesar do vistoso letreiro: "FIADO – CINCO LETRAS QUE CHORAM!", afixado na parede do fundo.

Não se sabe por que cargas d'água o Corintinha arrumou jogo com o Suzano, um dos leões da várzea. A turma ficou preocupada. Mas agora? Como? Como vai ser? Que é que podemos fazer? Houve uma reunião tumultuosa, com muito soco na mesa, muito berro, muito peço a palavra e depois você fala, até que quem resolveu a momentosa questão foi a senhora do Seu Manuel. Deixem comigo, dizia ela, bondosa e calmamente. Pego os calções de vocês e tinjo.

Não sei o que houve. Alguma coisa não deu certo, e quase na hora do jogo os calções ainda não estavam enxutos. Essas danadas chuvas. E aí nem pretos nem brancos, nem de cor nenhuma. Os craques, no vestiário, suavam frio. Quinze minutos antes do jogo, apareceu um moleque, de bicicleta, com três calções. Daí a pouco, trouxe mais quatro, passados, brilhantes, pretíssimos. Às 3h25 entrou em campo o quadro do Suzano F. C., pessoal musculoso, treinado, forte. Muneo. Seitaro. Álvaro Japonês. O pessoal do Corintinha espiava de longe, timidamente, aquele aparato. Mas a técnica, o apuro, o apronto, nada disso lhes fazia mossa. Tinham outras coisas com que se ocupar: ainda faltavam dois calções. Eis que chega mais um. "Entramos em campo com dez homens", resolveram os craques, entusiasticamente. "Viva o Corintinha!" Ficou no vestiário o desolado ponta-esquerda, espiando ansioso na porta, de instante a instante. Quinze minutos depois do início entrou ele, formando junto aos seus, garbosamente: de calção preto. Eu gostaria de contar que os heróis da tarde foram os alvinegros, tão provados e tão valentes. Não foram. Apanharam de doze a zero.

Reunião de quarta-feira na sede do Corintinha: mal se abriu a sessão, um se manifestou: "Peço a palavra. A goleada de domingo…". Sêo Manuel sorriu: "Deixa isso pra lá, homem". E para as onze fisionomias radiantes que o cercavam: "Foi, como se diz, uma performance magnífica. Todos os jogadores deste quadro, todos, entraram em campo de calção preto".

Piolho, essa praga

Inseto da ordem dos *Anoplura*. A espécie que nos interessa é o chamado *Pediculus humanus*, que produz os ovos popularmente denominados lêndeas, e que, reproduzindo-se escondido nos cabelos da cabeça, é de difícil extinção.

O piolho tem a característica singular, entre os animais, de ser ao mesmo tempo causador de algumas doenças e remédio para outras. Entre as doenças de que é considerado causa estão o tifo exantemático e a ftiríase. Consiste esta última na formação de placas hemorrágicas, principiando na cabeça e espalhando-se por todo o corpo, acompanhadas de irritação da pele e coceira.

Houve e há muita coisa pavorosa neste mundo, e não é dos horrores menores a doença atribuída a Lucius Cornelius Silla, general da Roma antiga, que, segundo Plutarco, tinha a carne corrompida e o corpo todo numa podridão terrível. Arrebentavam-se-lhe pústulas pelo corpo e logo se enchiam de piolhos. Por mais que inúmeras pessoas o despiolhassem e o banhassem, não conseguiam limpá-lo. Vê-se aí quão antiga é a lenda da invasão de piolhos, praga praticamente inextinguível. Diz-se do arcebispo de Cantuária, Thomas Beckett, que, ao ser assassinado, suas vestes começaram a fervilhar de piolhos.

Calvino, o seco, o fanático, o execrado perseguidor de Miguel Servet, também chamado o ogro de Genebra, era uma criatura enfermiça. O povo conservou a lembrança de sua figura ascética, de olhos ardentes, de rosto anguloso. Quinze dias depois da sua morte, já se falava no castigo divino que o atingira: havia morrido de raiva, atado a uma estaca, como um cão danado; não podendo morder outra coisa, mordia as próprias mãos e os próprios braços. Certo Surius, autor de uma História Universal, registrou que o heresiarca padecia de "*morbo pediculares*", isto é, de uma invasão de piolhos. Como passou Calvino da hidrofobia ao *morbo pediculares*? É que dele se apoderou também a lenda negra[31]. A doença rara aparece sempre como castigo de profanação e sacrilégios.

No populário consta que, se um piolhento morre, os insetos o abandonam assim que o corpo começa a esfriar. Se alguém pegar piolho de defunto, por mais que faça jamais se verá livre dessa praga. Também se afirma que, quando se cata piolho de alguém e se conta cada um que se mata, os piolhos aumentam.

Contam os historiadores que Felipe II, o Prudente, em cujos domínios o sol não se punha, morreu mais ou menos comido de piolhos. Sua doença foi descrita muitas vezes, mas continua sendo um mistério clínico. Com referência à sua agonia, publicaram-se testemunhos de Cervera de la Torre e de frei Diego de Yepes, que foi seu confessor. Além de informações de autores estrangeiros, contamos com as publicações de frei José de Sigüenza, na terceira parte da sua *Historia de la Orden de San Jerónimo*, de Salazar de Mendonça em fins do século passado; e do clérigo Fernández Montaña. Diz a lenda que a estranha moléstia se devia à maldição lançada pelos huguenotes contra o "demônio do Midi".

Honório, segundo rei dos vândalos, depois de haver perseguido durante anos os ortodoxos, foi atacado pelos piolhos. De piolhos morreu igualmente Arnolfo, imperador da Alemanha e grande saqueador de templos, o que confirma a crença no castigo dado aos sacrílegos. De piolho morreu Maximiano. De piolhos morreu Antioco Epifanes, o que lutou contra Macabeus.

---

[31] Lenda negra é um fenômeno historiográfico. Foi usado pela primeira vez por Arthur Lévy, na obra *Napoléon Intime*, em 1893. Contrasta com a chamada lenda dourada, que exaltava feitos dos cruzados. [N. E.]

Para acabar com o cabuloso parasita, há várias práticas, principalmente na medicina mágica. Todas elas se constituem de condenação à morte. Quando se trata do parasita humano, como acabar com a praga dos mensaleiros e dos sanguessugas?

Afinal, do que estou falando? De praga? De gente? De piolhos? Estão no Senado? Quem os colocou lá? De onde vieram?

Já se aventou a hipótese da geração espontânea dos piolhos. Mas Pasteur destruiria tal mito, estabelecendo que esses e outros parasitas surgem do contágio prévio, e nunca espontaneamente. Nem sequer os micróbios, ainda que infinitamente pequenos, nascerão no corpo humano, por si.

Todo animal que vive a expensas de outro é convidado. Pode ser mandado embora. Essa é a lei.

Horário dos subúrbios

Um horário de trens de subúrbio é coisa muito útil, caros leitores. E isso é tão bem compreendido pelos técnicos em publicidade, que lhe dão o mesmo valor que aos calendários de bolso. É assim que correm os horários impressos com o reclame da goma tal ou do sabão tal. Teria que ser devidamente ilustrado, tentativa que se pode fazer num dia assim, de chuva assim.

(Antigamente, no tempo da garoa, a coisa era romântica e até mesmo poética. Os enamorados do luar e do chuvisco se esqueciam do tijuco preto ou do barro vermelho e só viam o fino véu de névoa, polvilhando de prata os cabelos e as almas. E com isso tanta gente tem saudade de uma garoa que nunca viu, como tem saudade dos lampiões de esquina, baços na noite, que também nunca viram. Mas era de trens que estávamos falando.)

O primeiro e o segundo, às 3h41 e às 3h58, são de pedreiros, geralmente adidos às grandes construções do centro e na baixada do Pacaembu. Seus ocupantes vão sonolentos, cabeceando, não conversam, usam roupa ruça, grandes paletós de bolsos caídos, sapatões cambaios, manchados e corroídos de cal. Às 4h21 é a primeira e ruidosa leva de operários, entre os quais a imensa maioria é de uma juventude verdinha e mais de uma áspera adolescência. Temperada nas madrugadas frias, na condução cheia, na espera, na comida pouca, na ambição nenhuma, no trabalho pesado e monótono, mas que ainda assim ri desde manhãzinha.

Essa é a hora das piadas infames, das risadinhas desinibidas, dos encontrões, dos brinquedos brutos de torcer o braço e empurrar com uma certa ternura envergonhada de se mostrar.

Também é a hora dos primeiros casais de namorados do dia, enlaçados, buscando o pão e o amor com a mesma ansiedade.

4h56, 5h56, mais trens de operários, especiais da Vila, especiais de Guaianazes, especiais de São Miguel, especial de Itaquera, e misteriosamente a cidade absorve, esconde e traga toda essa gente. Estão diante dos teares, ao calor dos fornos, entre turbinas e maquinaria, nas máquinas de costura, são torneiros, overloquistas, fresadores e nomes tão estapafúrdios como esses, cuja significação procurei no dicionário e na mesma hora esqueci.

O subúrbio das 6h38 traz a leva dos estudantes e das professorinhas da zona rural, clara, quente, colorida, barulhenta multidão. O das 7h16 é do pessoal dos escritórios comerciais. A litorina das 8h13, dos despachantes, advogados, gente da lei e da segurança. O trem das 8h26 é dos milicianos, dos guardas, das cozinheiras da zona grã-fina, do mulherio que trabalha por dia, dos que trabalham por conta própria, encanadores, engraxates, marreteiros. Os funcionários andam nos trens de 10h23 e 11h11. E daí para a frente começa a atabalhoada volta.

Mas em nenhum desses trens, em nenhum, desde que começa o dia, faltam aquelas crianças que vendem cocada, e os cegos de longas litanias. De onde vêm, para onde vão, que destino é o seu? Qual será o fim da viagem que não termina jamais, porque recomeça indefinidamente?

Eu vi o relógio
da luz cair

Agora, quando a gente passa, pisa de leve, como se ali estivesse um morto querido. Isso fazemos nós, os iconoclastas, que tanto e tão amargamente o odiamos em vida, e o amávamos entretanto, em definitivo, de um modo intenso, sem saber.

Destroem qualquer coisa na coerência da paisagem urbana aqueles quatro círculos azuis da torre grande, abertos dentro do céu. Têm assim desolados uma tristeza quase humana de órbitas vazias.

Cada um de nós era um pouco dono dele. E cada um de nós era um pouco seu escravo, pois milhares de milhares de pares de olhos ansiosos o consultavam, cada dia, e acertavam por ele, cada dia, algum mísero cebolão de bolso ou algum magnífico Patek suíço, de quinze rubis, com o nome gravado na tampa de ouro.

Cotidianamente era assim.

Passar fora do horário no ônibus Oriente ou no bonde Bresser, pela Luz, vindo de todos os pontos do oeste da cidade para o Largo São Bento, e ouvir as doze badaladas do meio-dia (adeus ponto na repartição!) era esmagador. HORA OFICIAL. Era o mesmo que levar as doze pancadas na cabeça em lugar de simplesmente ouvi-las. O desaponto, a ansiedade, o medo dos atrasados se transformavam num absurdo desejo de que desse "a louca" nele, e ele desandasse dez minutos. Oh! Dez simples minutinhos, por favor! Dez minutinhos... Assim aliciando o tremulamento, diminuindo, diminuindo tanto o milagre, que ele parecia qualquer coisa do cotidiano e admissível. Como se houvesse por aí relógios – mesmo o da antiga Estação do Norte, desmoralizado e atrasado, quando não parava de uma vez, preguiçoso como um funcionário da antiga escola – que tivessem o topete de andar para trás.

Nessas horas, sim, é que seria delicioso levantar os olhos e encontrá-los em chamas. Incendiá-lo num meio-dia de paixão e de pressa teria a atenuante que tem um crime passional, mas assim como aconteceu foi absurdo. A destruição chegou na calada da noite, com pés de veludo e de sombras, e irrompeu subitamente envolta em labaredas enormes, que lamberam o céu. Traição!

Todos os notívagos se reuniram ali, atraídos pelo impressionante clarão, como falenas. Vieram poetas. Vieram jornalistas, não os que estavam em serviço, mas alguns outros, depois do período das seis à meia-noite na *Folha* ou no *Jornal de Notícias*. Estava lá Hélio Pompeu, carrancudo como sempre e esboçando não sei que tormentosas realizações interiores. O Nazário me dizia – e enquanto falava via-se o fogo dançando nos seus olhos felinos:

– Horroroso, mas que magnífico espetáculo!

– Lindo!

Rostos voltados para cima, luminosos e embelezados.

Fico imaginando se o poeta seria capaz de repetir a façanha de Nero pelo prazer do espetáculo. Seria uma bela maneira de seguir à risca a legenda *ars artis*, que deveria ser a divisa desta cínica geração.

Toda a gente está excitada. Os diálogos se cruzam vivos, e rápidos, e sincopados na noite vermelha, tendo por música de fundo, insistente e igual, a sinfonia crepitante.

Um se impressionou pela quantidade de dinheiro queimada ali:

– Será que está no seguro? – perguntou ansioso.

Por um segundo pareceu que a estação era dele.

E outro dizia:

– Naturalmente que está. – Assim mesmo, com essa calma e essa segurança. – Esses ingleses não dormem com os olhos dos outros.

Um mecânico de macacão sujo de graxa conhecia o Caetano, dono do restaurante que ficava nos baixos da Estação:

– Cuitado do Gaetáno! – A pronúncia saía sonoramente, adoçadas as consoantes com o acento napolitano. – Cuitado do Gaetáno! Mais de guinhendos gondo de prejuízo, é...

Pena que seja feio chorar por um simples relógio. Mesmo que seja esse, com uma bela folha de serviço, de funcionário militar. Um amanuense Belmiro sem problemas, inteiriço e disciplinado, com direito a duas licenças-prêmio de seis meses cada, por assiduidade e merecimento. Pena que não se possa chorá-lo, como uma espécie de reparação por tê-lo odiado muitas vezes. Esse rígido ditador do tempo.

Para nos consolarmos, poderíamos dizer que teve um fim belo e glorioso, o fim que todos os grandes homens gostariam de ter: magnífico canto de cisne, entre chamas, extinguindo-se antes de caducar. E é para contar do seu canto de cisne que tudo isto afinal está sendo escrito.

Deixemos de lado a sentimental tendência de esquecer que a hora é uma instituição antinatural, aceita com tão boa vontade como é aceita a morte. E não podemos esquecer também que uma fauna inteira de homenzinhos secos tinha o relógio sempre impertinentemente certo pelo da Luz.

Não há por que lamentá-lo. Já passou à lenda, que é o menos ingrato de todos os panteões. Disseram que ele trabalhou durante vinte e cinco anos sem conserto, sem parar e sem atrasar, e isso demonstra que o paulista não é tão farto de imaginação assim, como quer Sérgio Milliet.

O velho relógio estava belo deveras, cercado de vermelhas flamas inquietas e rugidoras. E o ponteirinho das horas já tinha passado das três. E três pancadas profundas tinham pingado como sempre na amplidão da praça, habitualmente deserta pela madrugada.

– Ele nunca tinha batido a meia hora – disseram, e ninguém reparou nisso antes.

Bateu sempre horas inteiras, coerente, integral e imperioso. Nessa madrugada, bateu 3h30, em desespero de causa. Era a última vez que o velho funcionário público daria as horas, e ele parecia saber disso. A multidão aglomerada em frente ao Jardim da Luz gostou do seu gesto de adeus e o aplaudiu. Palmas para o velho general das horas, na madrugada vermelha. Foi uma espécie de justiça poética à espontânea aclamação: um minuto depois, e ele caiu. Lá em cima, a bandeira fulgurante do fogo. O general foi atingido. Caiu! Orai por ele!

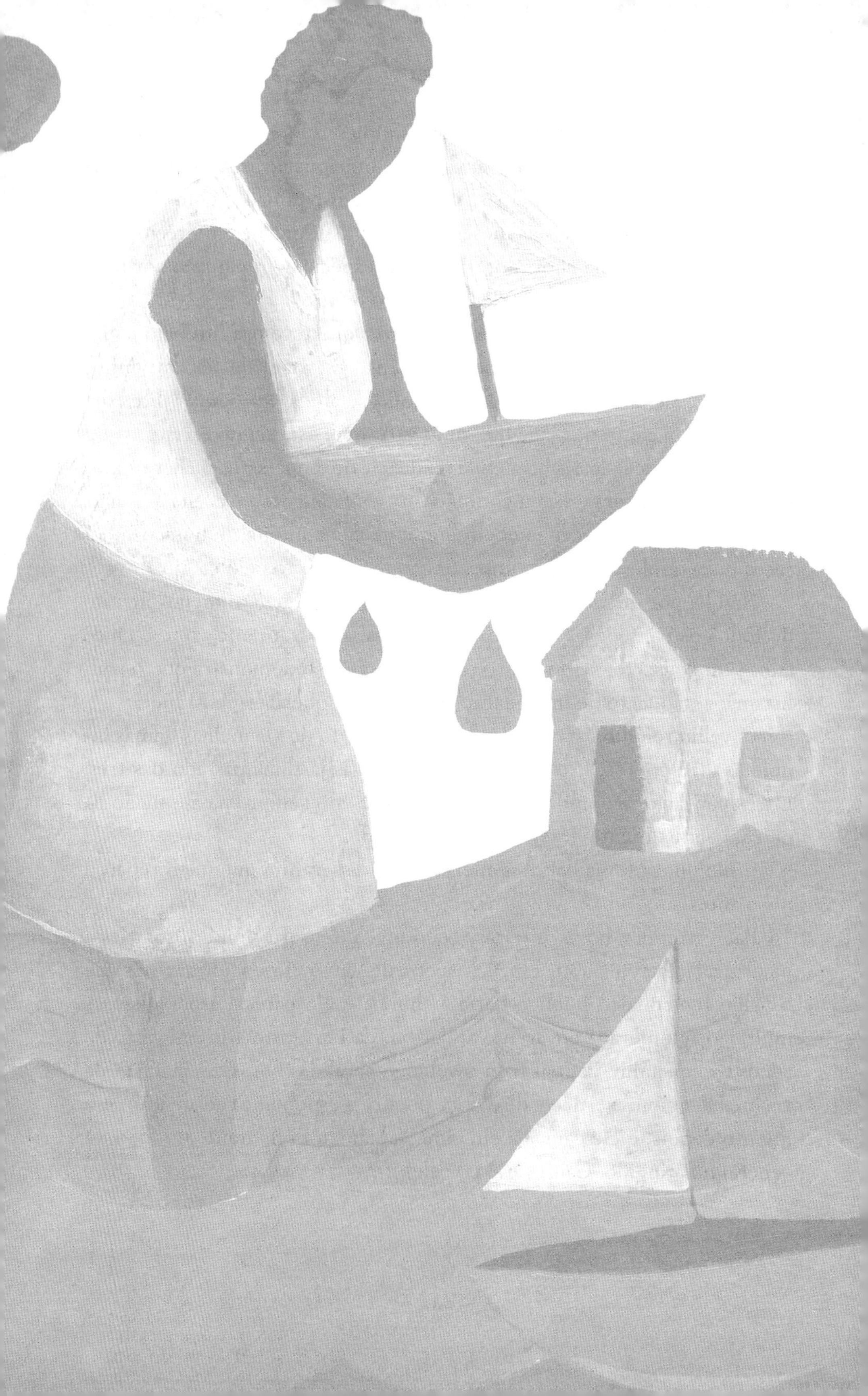

Marinheira no mundo

IV

Poemas de Marta[32]

Ela é engraçada. Engraçada de duas maneiras. No sentido medieval do termo, com muita graça nos olhos, no formato do rosto de zigomas altos e largos, no escurinho da face que mais se arredonda no riso contagiante, engraçada nos modos, no todo o seu tantinho exótico. É engraçada também porque tem uns olhos grandes e sábios, às vezes centenas de anos mais velhos do que a jovenzinha que ela é. E no espelho desses lagos profundos aparecem às vezes revelações de abismos que espantam, como se vindos de outras eras. E então ela tem esse olhar como quem se perde. Como de quem adivinha. E enquanto oscila entre esses dois universos, suavemente adolesce. São de adolescente os versos do poema da madrugada:

Quero escrever um poema com jeitos de madrugada
Com cheiros de madrugada
Com toques de madrugada.
Quero fazer um poema
Que me alegre
Como ontem me alegraram
As tuas mãos trançadas sobre as minhas.

---

32 Ruth Guimarães escreveu esta crônica em reconhecimento ao trabalho de uma de suas filhas, Marta Guimarães Botelho, que faleceu em 1970. Marta também era escritora, embora ainda não tenha sido publicada. [N. E.]

Eu quisera ser o pó
Que segue a dançar
Pelas estradas
Quisera voar com os ventos
Rolar com todas as águas.

(Ainda é manhã na poesia de Marta.)

Sei que canção canta o rio
Ao descer da montanha,
E porque chora o vento.
E porque morrem as flores
Ao findar-se o dia.
Sei dos suspiros da chama
E porque chora a fonte.
Sei que sonho encantado
Os olhos se entrefecham.
Que abraços te abraçam
E que beijos te beijam.
Só não sei (quem me dera soubesse)
Ser um sonho nos teus sonhos.

E agora, quem canta Marta?
Não mais tristeza, não mais a vida,
Não mais o amargo desse amargor.
Não mais os sonhos, ó tão querido,
Pobre alimento do meu amor.

Não mais um jeito de despedida,
Não mais um gesto, não mais o adeus
Só bem tranquilo, pobre querido,

O rio imenso da minha vida,
Rolando manso nos olhos teus.
Mas eis que lhe escapam alguns acenos. De onde vêm?
Incertamente dentro dos meus sonhos,
Tomei as tuas mãos e as coloquei entre
As minhas lembranças invencíveis.

Não me lembro como fui e já nem sei como sou.
Ando cansada da vida, cansada de mim estou.
Onde encontrei olhos tão grandes, esses meus
Olhos castanhos?
Eu me desconheço a mim,
Ando caminhos de sono.

Sigo hoje para o reino,
Onde buscamos encontrar olhos magoados,
Que chorem por nós.
E nesse reino nos será dado
O poder de nos juntarmos
Com a negra podridão de terra
E o suave murmúrio da fonte.

(E eis que é noite na poesia de Marta.)

Anoitecer

Dizia Carlos Drummond de Andrade que ele foi um jovem como outro qualquer. Não tinha muita consciência da vida nem sabia o que era a velhice. Olhava para os velhos com pena – "coitados dos velhos" – e não se dava conta de que um dia chegaria a sua vez.

A segunda indicação de que certamente sei o que digo (continuando nossa conversa da semana passada) é que hoje, velha de noventa anos, vejo a mesma progressão insidiosa que envolvia a velha Honória e o velho guarda-chaves Juca Botelho. Essa progressão à qual nenhum dos meninos, meus irmãos e eu, sob a sua guarda, prestava atenção, porque ambos envelheciam com uma lentidão que tornava quase insensível o desgaste. Eu vivia na e com a velhice, sem estranhá-la, porque a meninice se adapta facilmente.

Os meus dois velhos, à medida que a vida continuava, eles a iam perdendo. Ficaram muitos desarvorados e ausentes. Eu, que era a neta mais velha, fui chamada a fazer muitas coisas que não aos pais biológicos. Assim, tinha que ler para eles o jornal inteiro, porque a vista não ajudava. E, quando minha avó costurava uma interminável colcha de retalhos, enfiava sucessivamente as agulhas de que precisava. Nessa época não havia aparecido a TV, e em nossa casa não havia rádio. Também lia contos e romances, sob as árvores, nas horas quentes do dia, enquanto meu avô, deitado na rede, pensamenteava não sei o quê. Era eu quem tirava o recibo de aluguel de meia dúzia de casinhas que os velhos alugavam a famílias pobres. Fazia recados, pagava contas de luz e água, acompanhava meu avô nas compras no armazém e minha avó nas visitas de velhas comadres e na costureira. Eu lhes alcançava os óculos e a bengala do avô.

Quando eles precisaram realmente de mim, eu não estava mais em casa. Tinha saído para trabalhar na Capital, e meu avô era orgulhoso demais ou dedicado demais a mim para pedir que não fosse. Entretanto, quando chegava à minha antiga casa e os via, ele na sua rede, ela na sua banqueta, sentia o vago desinteresse com que me recebiam do outro lado do mundo, presas já do processo de desprendimento gradativo próprio do envelhecimento. Financeiramente não tinham problemas. O trabalho da casa e o cuidado deles era feito por empregados. Com um pouco de despeito, mas indubitavelmente aliviada, eu me dizia: "Não faço falta". E nós nos mostrávamos alegres como antes; eles tinham pequenas solicitudes: iam apanhar as primeiras frutas nas mangueiras carregadas, e a avó mexia as panelas (que boa cozinheira era ela!), cantarolando "O pintor que pintou Ana".

Hoje, que a emoção não mais me apanha no seu vórtice delirante, mas vem como onda mansa, percebo o ciclo se fechando. E até sei, pelas suas reações, quantos anos tinha a minha velha avó nessa ocasião. Como me casei com um primo da minha idade, eu o vejo com os olhos de ontem e de hoje, e me parece que estou casada com o meu próprio avô.

Estamos repetindo a vida.

As quatro forças da alma

A primeira lei do universo é que, se o homem quer se sentir feliz, realizado (e essa busca é primordial da espécie humana), o imperativo categórico é o crescimento interior. A criatura terá que procurar, e encontrar, a sua plenitude. Quatro forças o impulsionam nessa procura que é de toda uma vida. Amor, ódio, um construtivo e o outro destrutivo, a consciência, a necessidade de dominar. Esta última força é a mais difícil, pois está na base de toda a estrutura, e tem que começar cada um por dominar a si mesmo.

O sentimento do amor é belo e é a mais alta das formas de conhecimento. Tem algo de divinatório. Observe-se como as mães procedem, como conhecem os filhos, como adivinham.

Entretanto o próprio amor pode ser desvirtuado. Há pessoas, por exemplo, que somente podem amar a si mesmas. Chegam a amar a si próprias amando a outrem, como é o caso dos ciumentos. E há aqueles que somente a si se veem, como acontece com os narcisistas, apaixonados por sua imagem na superfície das águas. E há os hipocondríacos, exploradores de cada centímetro do corpo, esquadrinhando cada sensação, cada órgão, sentindo doenças inexistentes, e gastando tempo com tratamentos médicos inúteis ou em falar sobre doenças intermináveis. E há os que se fecham nas dores sem consolo, sentados de costas para o futuro e de frente para o passado, lá mesmo onde se perderam algum dia. Esses desistiram de alcançar o que deve ser prioridade para todos: a conquista do nosso espaço.

Duas coisas podemos fazer: vencer os sentimentos agressivos ou empregá-los triunfantemente, numa bela causa.

A agressão deve servir para defender a prole, a honra, a tristeza, os agravos, os ataques de uma sociedade mesquinha, a injustiça. Para lutar contra o mal. Para elevar a pátria. Para pugnar pela família, como fazia o homem das cavernas com a sua clava. Para transformar uma cidade viciosa num mundo melhor.

Para plantar é preciso arrotear a terra. Para construir é mister cavar fundos alicerces. Para viver é necessário lutar. O próprio Jesus disse: "Eu não vim trazer a paz; vim trazer a espada." De que paz falava? Evidentemente não da serenidade que é a paz interior, mas da contínua guerra que é a existência.

O ódio é a exacerbação dos sentimentos de raiva, de rancor, de hostilidade, das frustrações, da vergonha, do remorso. O odiento abdica de sua qualidade de *Homo sapiens* e da sublime condição de filho de Deus vivo para refocilar na lama das vergonhosas tendências.

A sabedoria consiste em procurar o equilíbrio entre amor e ódio, que ambos fazem parte da nossa alma. Nem sempre seremos anjos, nem sempre demônios. Usemos, pois, a agressividade para as boas causas, contra o que há no mundo de pequeno e de mesquinho.

Ser pasto de ódio, sempre, cria tensões que desgastam a alma e o corpo. Alguns dirigem a sede de destruição contra o próximo, e ei-los clamando contra Deus e o mundo, atacando, com língua viperina, os vizinhos e conhecidos. Ou afivelam uma carrancuda máscara que afugenta de si qualquer um que se aproxime. Ou são baderneiros e briguentos. Entretanto, parece que o pior caso de agressão é o menosprezo. Os que desprezam os semelhantes, em vez de canalizar toda a energia e o ódio para o mal e suas horríveis consequências, preferem transferir o desprezo e a irritação contra qualquer que esteja em grau abaixo do seu patamar, e que preferivelmente não possa se defender, nem reagir: esposa, filhos, subordinados, caixas, garçons, serventes, faxineiros, crianças e pobreza em geral. Desse mecanismo surge, escamoteado, o bode expiatório, aquele que paga pelos outros porque não tem prestígio e não tem quem o defenda – falta-lhe nome, projeção, apadrinhamento, um sistema equânime. Daí se parte também para a exploração das crianças que trabalham, dos abandonados, dos rejeitados, dos excluídos, dos ignorantes, dos párias. E daí como uma flor venenosa brota o preconceito racial, resultado da agressividade e do desprezo.

A vida é antitética. Tudo está no binômio dos contrários – ser e não ser. Shakespeare colocou esta filosofia, exprimindo-se pela boca de Hamlet, príncipe da Dinamarca. *To be or not to be, that is the question.*

Pois esta é a questão. Este é o dilema. Ser ou não ser. Nesse compasso binário levamos a vida. O dia e a noite. A luz e a sombra. A maré alta e a maré baixa. A sístole e a diástole. A cópula. Os altos e os baixos da vida. E a imensidão abrangente que envolve tudo o que existe, o bem e o mal, que os gregos personalizaram nas figuras míticas de Eros e Anteros.

Marinheira no mundo

Um dia ainda hei de sumir no mundo. As estradas estão aí, abertas, tentação na frente de quem não cogita de andar por elas. Buldogues perigosos de fundo de chácara vemos amarrados a uma coleira de couro, a coleira a uma corrente, a corrente deslizando num arame que vai até ali e dali até aqui. Esse caminho inglório é o que fazemos sem cessar. Eu vi um desses dando pulos impossíveis e voltando quase estrangulado, os uivos o sufocavam, a baba escorria pelos cantos negros das mandíbulas da fera. Garras poderosas, patas possantes, fauces gigantescas, tudo desperdiçado na corrente. Ventos ásperos, tempestades, vida, liberdade, e ele na corrente!

Há destinos piores. Lembro-me que vi, em olaria pobre e antiga, de um tal de Zé Miguel, um burro preto jungido à almanjarra. Dava voltas e voltas e mais voltas, andava e andava, um infinito que começava e acabava no mesmo lugar.

Um dia eu serei marinheira no mundo. Quando, não sei. Como, não sei.

Barco para a ventura, no mar, sob o céu altíssimo, tocando em portos de língua estranha e de estranha gente. Hoje está aqui, e amanhã, onde estará? Espera-o a glória? O naufrágio? A luz. O fundo do mar.

Barco dos desejos. Ah! Barco de cálidos adeuses e de amáveis chegadas!

Barco da serenidade, das doces cantigas, barco de ver o dia em prata e silêncio. A maruja leal, a proa de esquisito perfil, e o vento vem, vento que vem.

Um dia eu serei marinheira no mundo. Quando, não sei. Como, não sei. Há barcos de muitos jeitos.

E, se não for de outro modo, me vou no barco do esquecimento. Marinheira no mundo, nesse mesmo eu vou. Talvez entre algas, talvez entre luas e plumas. Os peixes passarão diante dos meus olhos abertos, e oceanos de silêncio se erguerão de todos os lados, intransponíveis. Estarei viajando para onde ninguém me alcança, marinheira no mundo.

Se me chamarem, não ouvirei, que a água amarga não deixa. Se me acenarem, não verei, que a alga esparsa não deixa. Se me tocarem, não sentirei. O frio da onda não deixa. Se me quiserem, não serei, não estarei. E responder não poderei. O silêncio sela meus lábios. Não deixa.

Regresso

Que eu gosto de vagabundear, gosto. Devo ter uns toques de cigana, sei lá. Minha avó também era cigana de grande saia de folhas, oito panos à roda, estampada de rosas; e muito nos viram andando a pé uns poeirentos caminhos da Cachoeira: a sombra da Mata Cabrito, a Santa Rita, onde assistia um feiticeiro, hoje morto; a estrada de Santa Cabeça, a estrada de Canas e a do Embaú, as trilhas do Morro Vermelho e da Lagoa Seca. Dela me veio talvez o amor pelo sol e pelas estrelas. Adorávamos a água na folha nova do inhame, concha verde como uma oferenda, e amávamos os rios que corriam para longe. O saibro escorregava sob o passo, quando perseguíamos, sem jamais o alcançar, o azul das distâncias.

Acontecia-nos deixar a vida para trás, e íamos não importava para onde, sem plano, sem dinheiro, a pé, na aventura, para ver não importava o que ainda não fora visto. É empolgante ouvir a música de palavras estranhas e balancear na cadência de outros ritmos.

Essa vida é tão múltipla e tão escasso o tempo! Aí está, e quão deliciadamente ainda me vou por esses caminhos! E com que penas os desando! E é por isso que posso falar de cadeira do que há de melhor, quando se vai e se vem. Eu sei. A coisa mais linda nas viagens é voltar para casa.

Tenho procurado saber que doce mistério nos faz suspirar por esse refúgio, seja casa cheia de crianças e de amor, seja sombria e deserta, ou simples quarto de pensão, apertado e impessoal. A casa. Que magia a faz nossa e nos faz dela? O que, nela, nos conforta e nos consola? Que há com a casa? Os surrados móveis? Novos que fossem e seriam acolhedores. As patinadas paredes? Mas pode ser moradia recente, e nós lhe daremos sem regatear o nosso afeto. É, será sempre, muralha, trincheira, esconderijo, âncora, abrigo, sombra. Nela estamos bem. Nela nos entregamos ao nosso eu, sem máscara, com toda a confiança.

Da última vez que cheguei, foi com o repetido suspiro de alívio que me confiei à sovada cadeira de braços, entre paredes bem precisadas de pintura, coitadas! Havia de novo uma goteira. Deixem-me contar de outro jeito: havia uma nova goteira. Lá estava a mancha. À entrada, o degrau parece que me reconhece – estalou devagarinho, cumprimentando. O espelho também me reconheceu. Diante dele não estava a estranha de outros reflexos. Precisei andar descalça pela casa toda, pois na sapateira, como de costume, nenhum sapato, nem novo nem velho. Estariam por aí. Depois de vasculhar com uma vassoura, embaixo das camas, encontrei dois pés direitos de chinelo.

Qu'importa lá?

Aqui sou rainha, sou czar, sou Deus, e como amo esses chinelos doidos! Então não é isso a felicidade?

Lembranças

O trem voou pelo vale verde-gaio dos arrozais, engolindo trilho. Na entrada da cidade, toda negra, o som do bem-bão anunciou que o expresso vinha: beeem-bão! A estação com três torreões, pétrea, bruta, compacta, cresceu, cresceu e parou. Shiiiiu! que o trem de ferro fez, para ninguém falar.

Encontrei de novo as velhas árvores, as mangueiras da Sinhá-Bolão, o abacateiro, a paineira, que não estava florida, pois não era abril, e encontrei de novo o velho Paraíba, e o canto das lavadeiras junto à cantiga das águas, escachoando nas pedras do velho porto daquele que já foi Santo Antônio de Cachoeira.

Súbitos riscos de prata fulguram acima do espelho do rio. É o sol brincando nos anzóis – ou estarão pescando relâmpagos?

Cheiro de folhas machucadas e de capim-angola pisado ressuscitaram não sei como. Espalhou-se no ar, sem mudança, o cheiro adocicado de mangueiro (leite, estrume fresco e fecundidade).

As amadas lembranças vibraram na paisagem com o seu modo de ser ingênuo e corriqueiro: sobre as cercas de bambu, a seda das campânulas roxas e amarelas. Nos muros, o veludo dos musgos. No campinho, a aspereza da palha de arroz. Tudo igualzinho. E eu, onde estarei?

Dona Mariquinha, costureira, saiu ao portão, para ver o trem passar. E o muro que era tão alto, tão lá em cima, para cima da minha cabeça um tanto assim, tocando as nuvens, ficou baixinho. Não tapa mais a vista do quintal de dona Florinda – ah, o quintal de dona Florinda, com tanta fruta melando, tanta doçura, tanta abelha zumbindo, tanta criança!

Abelhas enxamearam na máquina preta e verde do garapeiro. Tudo igualzinho. Rescendeu no ar o cheiro de içá torrado com farinha. É outubro. Içá anda tonta no ar, pedindo para ser caçada. Moleque de voz fininha vendeu piiiiiiiiii-irulito! outra vez. O sol passou por cima da ponte, incendiou o céu, e bem nessa hora o Paraíba também pegou fogo. Como antes.

Na verdade, regressei, na verdade, revi todas as coisas. Mas não recuperei nenhuma. Estão nos longes, surpreendidas, de relance, no fundo dos olhos que me contemplam, num riso inesperado que leva por um momento à infância, num gesto que mal se esboçou, no andar de um que passa: não é o Marçal? Mas como envelheceu!

E vejo que não há regresso. Que nunca mais me encontrei. Que nunca mais me encontrarei.

Como é que não gosto mais de pirulito, tão docinho? E nem do quintal proibido com seu alto muro? Nem paro sequer para contemplar num enlevo a lagartixa rajada de rabo cortado que ziguezagueou parede acima.

O que ainda é já se perdeu.

Ninguém tirou, não, que eu vi, as cercas de bambu dos fundos dos quintais. E na palha de arroz ninguém mexeu. Ninguém mudou de casa, ninguém envelheceu, ninguém morreu, ninguém faltou. Só eu.

Desmascarada
para Ilka[33]

Devia andar lá pelos cinco anos e meio quando a fantasiaram de borboleta. Por isso não pôde defender-se. E saiu à rua com o ar menos carnavalesco deste mundo, morrendo de vergonha da malha de cetim, das asas e das antenas e, mais ainda, da cara à mostra, sem máscara piedosa para disfarçar o sentimento impreciso do ridículo.

Por isso a fotografia de ar emburradíssimo, as pernas magras retesadas numa atitude bem pouco promissiva de voo, as mãos segurando duramente as asas, como se quisessem tornar bem evidentes que eram de pano sobre arame, não carne de esqueleto. Aguentou tudo com heroísmo: a posição ereta, o olhar em frente sem nenhuma piscadela, as rosas de papel jogadas a seus pés (pois como se deixaria imortalizar uma borboleta, sem o indefectível cenário de jardim?). Aguentou tudo, sim, mas sem um sorriso. Daí o olhar assustadiço, agressivo, insulado na cara emudecida e de expressão pouco infantil.

Só pelo olhar se reconhece e a reconhecem os amigos comprovadamente íntimos, a quem ousa mostrar a fotografia, quando há vontade de rir de si, grande ou menina. Só pelo olhar desmascarado, gritante, que procura fugir ao abrigo dos cílios para berrar ao mundo o quanto existe, mas se contém calado e grudado nas órbitas limítrofes.

E pensa agora, dia a dia, no valor metafísico da fotografia em sua vida. Por que nunca se lembraram, por exemplo, de a fazer sair de anjo em alguma

---

33 Crônica dedicada à poeta paulistana Ilka Brunhilde Laurito (1925-2012).

procissão de dia santo? As asas, pois, teriam tido uma outra dignidade: brancas, róseas e azuladas, enormes saudações celestes acima da cabeça, onde a aureola de papelão dourado teceria um começo, precário, mas começo, de ascensão. As asas da sua borboleta, coitadinha, eram de cetim verde, sarapintadas de estranhos arabescos e montadas sobre uma incômoda armação de teso arame. Difícil se tornava com elas atravessar qualquer portão ou entrar nas salas e nos quartos. Teve de andar quase de lado durante aquele carnaval. E as antenas a picavam: dois alfinetes espetados na corola dos cabelos, como pontos de interrogação que estivessem tentando estabelecer contacto com a flor do espaço, imensurável, misteriosa e intocável.

E daí, que aconteceu? Desabou-lhe na cabeça a poesia: essa coisa a aguentar, de mel e espinho, essa incurável timidez de asas retorcidas, o silêncio agônico, a solidão ardida, as cinzas. E o coração a borboletear sem flor definitiva. Mas não há de ser nada. Ela aceita o destino de anjo frustrado. Ela aguenta as antenas, as asas de arame e o olhar desmascarado: tudo isso pesa e dói, ninguém sabe como dói (só quem se tivesse vestido de borboleta algum dia saberia). Aguenta tudo isso, sim, porque a fantasia era, apesar de tudo, verde. E lhe ficou também qualquer coisa de esperança teimosa nos olhos agressivos, essa coisa irremissível, que sanguessuga a vida até quando não tem gosto de vida, essa angústia do mel que se rasga nos espinhos, esse constante exercício de alegria (pois quem compreenderia uma borboleta verde e triste?), essa impressão de coisa leve e ágil que é a palavra quando esvoaça sem querer dos lábios, essa dançarina distraída que lhe escapa sempre a rir, essa ridícula menina que não vê que está crescida, que ficou seriíssima e que não suporta mais com paciência suas tontices líricas.

Só uma coisa ela passou a temer ultimamente: está ficando cada vez mais difícil transportar as asas e as antenas pelas ruas tão estreitas. E há também quem cace borboletas, para espetá-las nas paredes como enfeite. Por isso está com medo: que é possível mesmo que chegue o dia fatal em que já não tenha a coragem de mostrar a fotografia para ninguém, quanto mais para si mesma.

E daí, como viver, se a voz não adeja?

Poema da falsa primavera

Minha paineira não lê jornais e por isso floriu. Magnificamente alheia, a não ser à luz e ao zéfiro, aos vendavais e ao frio, ao sereno da noite e à madrugada, ela floriu.

Não lê jornais. Floriu.

Não de uma vez e inesperadamente, como julgamos e sentimos, ao vê-la de repente em rosa e branco. Mas não foi de uma vez, que o tempo, esse mesmo que não existe, conta muito. Devagar, como todas as coisas boas, ela floriu, Lara dançarina. Desnastrara ao vento, quanta vez por ela passara e repassara, frio e fino, o pente de prata da chuva. Já esteve de anadema, feito de seda clara de luar. Já se envolveu de neblina, em noites de junho, quando os dedos do inverno tinham frialdades arrepiantes de mortalha. Já esteve toda encharcada de chuva, quando cada gota pingava como lágrima das ramadas de esmeralda. Mas agora floriu. É comovente vê-la, tão suave! Oh! Beleza indestrutível das coisas frágeis! Oh! Beleza eterna das flores, diante da mágoa e da bruteza transitórias dos homens! Ela floriu.

Pelos caminhos (de onde vêm? para onde vão?) passaram arregimentados uns homens que iam para não sei onde, combater não sei o quê. Sei que a paineira floriu em rosas e branco e fez grandes gestos fantásticos diante do vento. Excelência, excelência, como dança! Que minueto! Vamos, dancemos! Vamos, a vida é tão breve, tão boa, e o perfume inebria, dancemos! Que mundo estranho! Que mundo estranho! Que estranho mundo! Por que devo amar o vento? Por que devo amar a chuva? Por que devo amar a nuvem? E as pétalas de seda rodopiam. Ela floriu.

Ansiedade é uma palavra assombrosa. Medo também é.

Ansiedade e medo transfiguram a vida, enchendo de sombra o que devia ser amplo e claro. Não é primavera, mas é o tempo, e a paineira floriu. Ela não conhece palavras, nem o seu terrível significado. Floriu.

Quem a vê, rosa e branco? Quem a ama, rosa e branco? Quem diante dela se extasia, rosa e branco? O mundo tenta iniciar a dança louca, à música dos tambores e ao compasso do medo e da ansiedade. Rosa e branco, ela floriu.

Os homens ora falam em república, ora em democracia, ora vestem camisa parda, ora verde, ora vermelha, querem outras leis e outras reformas, e outros privilégios, e outros senhores. Querem o calor no inverno e a fresca brisa no verão. Querem a mulher que nega e desdenham da que se entrega. Querem o vinho e o jogo, e o prazer, e o paraíso. Querem a flor e querem seu fruto. Querem o pássaro morto e a asa de pássaro no firmamento. Dizem a palavra que dói, fazem o gesto que mata. A paineira floriu.

A mesma história se repete todos os anos, por todos os séculos, por *omnia saecula*, rosa-e-branco, é o tempo, ela floriu.

Não é hora...

Decididamente não é hora de falar de mãe. Apesar de estar o noticiário recheado de tragédias, e de o assunto se prestar às lágrimas comovidas, próprias da nossa sensibilidade de brasileiros, não é hora de falar de mães.

No entanto, hoje mais do que nunca, a vida sussurra, sem descanso, sem intervalo, que chegou o momento.

A humanidade aprende e se aprende. Cada lição custa pranto, desordens, desajustamento, mas afinal as alterações ocorrem, e o mundo caminha melhor até a nova crise da civilização em mudança.

É verdade que a palavra mãe, como a palavra amor, já virou palavrão. Ainda assim indica o doce, o imensurável, o excelso mistério da vida.

E lá voltamos nós à mulher no seu envolvimento mágico abissal com o mistério. Amor e compaixão distinguem a Mãe daquela que apenas põe uma criatura no mundo como qualquer fêmea do reino animal, com seu instinto de defesa da cria. Esse instinto não se esvaiu na fêmea humana civilizada, apesar de todos os embaraços e enfraquecimentos da vida social moderna, maquinal e robotizada.

É no ar que se concentra um momento diferente, um manifestar-se de outras vidas, um querer que se manifesta como vida nova, como uma intenção de mudar, como a manifestação de um desejo vital.

Entra-se nas lojas em fins de dezembro como se entra na igreja. Comprar é uma obrigação altíssima que ninguém pode deixar de tomar como cumprimento de seu destino. E mesmo com algum espanto numa boa parte dessa multidão que enche as lojas, tomando nota do que aparece de novidade e rindo e cumprimentando numa alegria semostradeira, é composta de gente que nem sempre tem o pão de cada dia, com fartura, mas precisa comprar as manifestações da moda.

Papai Noel nunca saiu da moda. E mães? Estão à boca do forno, assando bolos e reinventando panetones.

O que resulta da atividade da pobre gente? O que mais se ouve? O que mais se adivinha?

Não é a primeira vez que o mundo atinge esse nível de uma pobreza total. Não é a primeira vez que os deuses armam a destruição de um mundo e começam tudo do mais remoto e pequenino fiapo de vida. Não é evidentemente uma providência gratuita da divindade que a esperança renasce na pobre humanidade e que se ouve falar de renovação, de esperança, do novo e do recomeço, que assim entendem os deuses de renovação da velha e castigada humanidade.

Estamos no limiar de um novo ano e de uma nova humanidade. Cada um procura a sua renovação, ninguém sabe o que é que o Ano-Novo nos trará, mas todos buscam a renovação e a alegria de uma virgindade impossível neste velho mundo.

Falando em recomeço. Deixai que gema e chore a humanidade!

Que procurem todos a renovação de sua vida deste velho mundo.

Não, não é hora de falar de mãe. Mas de quem falaremos, então, nestes recomeços?

Banco da praça

Agora é que eu sei por que velho gosta demais de se sentar num banco de jardim. Ficar sentado lagarteando, solzinho morno antes das onze. Temperatura pedindo sombra de árvore. E tanta coisa pra ver! Mas tantas coisas e das mais deliciosas que existem. Primeiro aquele relógio da torre da igreja matriz, que nunca está certo. E assim mesmo a cada cinco minutos estamos olhando para cima, conferindo as horas. O saibro canta sob os passos que vão e vêm da menininha que corre, perninhas curtas, gordas, cheias de covinhas e de roscas. Da moça de saltos muito altos. Dos colegiais, da mãe com a criança de colo, dos operários que vão para o almoço.

A gente que passa varia. Ora são as mulheres com cesta de compras, apressadas, mas não muito, havendo sempre tempo para uma boa prosa. Ora, à saída ou entrada das escolas, os uniformes em azul e branco.

As cores também mudam. De que cor é o branco da manhã clarinha, recém-lavada da cama do dia? A face ainda molhada do orvalho? De que cor é a cabeleira de fogo do sol, desnastrada pelo céu de água-marinha? De que cor o dourado da manhã que adolescerá algumas horas depois?

Os passantes não veem nada disso. Não viram o broto que espia em cada nozinho dos ramos, há dias sem vida, nem as últimas azaleias brancas escondidas no verde-escuro da folhagem. Nem as onze-horas sorrateiramente se abrirem em ciclame no canteiro em forma de estrelas. Nem que a terra sob as árvores está úmida, limpa e cheirosa, como se o Criador tivesse acabado de fazê-la. Mas não é isso. Claro que não. Não é o ver, o sentir, é o sentir. É o ser ou o deixar de ser.

Quem passa está ocupado com o por vir e com o fazer. Está com pressa vai não sabe aonde, fazer ainda não sabe o quê. Buscar não descobriu o quê, ansioso e agitado, pois não descobriu ainda a lição a respeito da desimportância da vida.

Eu sei por que velho gosta de ficar no jardim. Gente precisa de gente para viver. Sorriso de gente também é sol.

Não é bom perguntar a si mesmo ou ao seu vizinho de banco se não é aquela moça bonita e sem juízo. E que fazem as mães daquelas crianças que ali estão... E por que motivo o moço colocou um chapéu verde bem no alto da cabeça e por que parece tão envergonhado: por que não tira o chapéu? E com essas e outras cogitações inúteis, cada um tenta convencer a si mesmo e aos outros de que ainda não desistiu. Ainda está ali. Ainda vê e participa. Estou aqui, gente. Estou aqui.

Agora eu sei por que velho gosta de ficar no banco do jardim. Não participar não é não sofrer. Ninguém pode nada contra isso.

Com o tempo vem inapelavelmente a sensação de que a vida é, afinal, uma interinidade um tanto passageira.

Junho

Antigamente, quando se soltavam balões, toda gente gritava quando os via: Olhem o balão lá em cima. Como é belo! Mas ninguém gritava: Olhem as estrelas! Ninguém fazia caso delas. Eram tão banais, as estrelas! Quem se incomoda com o que permanece?

Se vivêssemos quanto bastasse para vermos as estrelas se apagarem, elas pareceriam mil vezes mais belas. Depois de mortas. E teceríamos ditirambos às estrelas.

Que medo temos da morte! Como a enfeitamos com palavras retumbantes, com o rufar dos tambores, com bandeiras e condecorações, com urnas de luxo e mármores de Carrara. E títulos, e saudades, e lembranças, e flores. E o comedido falar e o evidente respeito, a roupa sombria do luto, a missa de sétimo dia e a notícia no jornal. E a coroa e o epitáfio. E com que entonação falamos dela! Dar-se-á que nos pareça menos horrível se a chamarmos heroica? As nossas palavras também passam. Como nós, como os balões, como as estrelas.

O que tememos? Dentro da morte está latente a vida.

Só a morte continua e perpetua. O nosso destino é de renovação e de ressurreição. Quando nos enterrarem, do nosso corpo roído de vermes brotarão floradas. Não estaremos belos para sermos vistos, é certo, mas serão belas as flores em que nos transformarmos.

Quem sabe se através de ignotos e sucessivos avatares seremos algum dia uns poucos átomos de estrelas?

O sol está perto e empana o brilho das suas irmãs mais belas. A bondade, a indulgência, o perdão, são outras tantas estrelas. Ofusca-as o sol da nossa vida exuberante. Queremos conhecê-las?

Esperemos!

Esperemos fazer-se noite em nossa vida.

Um balão é bem maior do que as estrelas. E esses olhos que contemplamos enlevadamente são bem mais luminosos.

Mas existe a distância?

Mas não existe a distância?

Queremos ser estrelas, mas não passamos de um balão. Talvez porque nos enchamos muito de fumaça...

Ora direis ouvir estrelas?[34] Somente os poetas ouvem estrelas. Nós não as ouvimos. Prendem-nos a atenção os balões de papel enfunado e as vozes dos palanques.

Houve Um que nos disse verdades eternas, e também não O escutamos.

Que importa que nos digam verdades eternas?

Deixamos para lá as estrelas e contemplamos enamoradamente cada balão que sobe.

---

34 Referência ao soneto "Ora (direis) ouvir estrelas", de Olavo Bilac. [N. E.]

Vingança

Este ano tirei uma vingança bárbara da minha mangueira. Eu sei em que mês floresceu. Foi em julho, floração de pouco tempo. As pétalas de ferrugem caíram, formando fulvo tapete no chão. Como se o sol houvesse derramado, respingando para todas as bandas. As flores vêm precocemente, já iniciam o bailado com o vento, em agosto de rajadas fortes. E vi depois quando se enfolhou. Os frutos precisam de sombra espessa, sempre, e ela era toda fronde, ramagem aberta, acolhedora, toda pássaros e orquídeas, e toda música, num grande sussurro, pontilhado de gorjeios. A chuva escorreu-lhe pelo tronco, acinzentou em mofo, esverdinhou em musgo, se amolentou fofamente na casca muito velha, enegreceu nas reentrâncias e ranhuras. Negra e verde e ruiva. Linda! O luar a envolveu, nas noites, em gelo e silêncio. O vento a embalou com cuidado a ruiva namorada. Mesmo assim o chão se transformou em pura alcatifa de ouro, variando os desenhos a cada momento. Luís Florêncio, guarda-freio, olhou pra cima e comentou: este ano vai carregar. Pois sim, eu disse. Pois sim, depende do vento. O fruto vagaroso principiou a se arredondar nas pontas dos galhos. E mais não vi, que mais não quis ver. O que aconteceu em seguida foi na calada da noite, na doce primavera, no ardoroso estio, entre borboletas e abelhas. Aconteceu também à noite, de mornos luares. Aconteceu sempre, enquanto as mangas granavam, e cresciam, e o cheiro doce picante, ácido, terebintina e sol e mel, entontecia os sanhaços e bem-te-vis. E com quase seis meses de vagarenta gestação, apareceu, dourado e róseo, o fruto (e perfumado), e eu não estava lá para ver. E lá não fui, de maneira nenhuma, que estou de mal com essa velha mangueira que me acolheu nos braços muitas vezes, que me salvou de algumas surras (eu marinhava precipitadamente tronco acima, na devida ocasião), que aturou as declinações de latim e as leis de física, que talvez ainda saiba um pouco de história, e alinhar os jambos e espondeus, e armar sonetos, se é que aproveitou bem as leituras que ouviu. Continua hoje e sempre o seu ritmo, e nem murchou de tristeza, nada. Floresce e frutifica do mesmo jeito na minha ausência, a ingrata, a traidora. Até melhor. Até mais e mais cedo. Até a fruta é mais doce. Pois lá não irei. Que os frutos caiam no chão, ouro, mel, melado, doçura, gostosura, que saudade! Ela tem seus pássaros, suas abelhas, suas iraras de cintura fina, e as mamangavas zumbidoras, azuis, e as lavandiscas translúcidas, e o vento e o sol. Eu não faço falta nenhuma, deixa pra lá!

O tempo
da manga

Há o tempo de rir e o tempo de chorar. O tempo de amar e o tempo de morrer. O tempo de calar e o tempo de falar. Houve o tempo em que Jesus falava aos seus discípulos, e o tempo em que os animais falavam.

E aquele tempo inolvidável de criança em que recitávamos em bando, aos gritos: "Tempo será, é de mim será...". Na minha terra há o tempo da manga. Ah! Tempo!...

É em novembro-dezembro, dos calores fortes, dos aguaceiros e das enchentes na várzea, renteando o Paraíba. Desta vez não houve enchente, por causa da seca, no início da primavera, embora chovesse de vez em quando, e a água fosse rolando barrenta, galharia, ingá, ninhos de corruíra, cobras viajoras, viandantes. De costas escuras, coleando na superfície grossa: urutu, mudando de pouso, com a enxurrada. Ainda é primavera nas pescarias com a peneira, nas lagoas de um dia que o sol esquenta e a terra chupa. Lá ficam rabeando as traíras de costas rajadas e de barriga amarela, meio parentas de cobra. É em dezembro. É agora.

Cada manga deste tamanho, no galho, pencas enormes puxando para baixo as pontas dos ramos. Tem ano que é preciso colocar escoras. Não neste ano. A floração começou regularmente lá para fins de junho, safra temporona, dado o calorão que fez, inconcebivelmente, nos finais do mês. Quando assustamos, o mangueirão mais velho, que há muito festejou os cem anos, já estava de toucado amarelo-ouro, todos os galhos com lampejos de sol. As flores cambiaram para a cor de ferrugem e foram atiradas ao chão pelo vento, formando tapete, desenhos, alfombra, tão bonito! Chão de pétalas. Os frutos apareceram devagar. A gente nem via. Dava por eles já grandinhos, naquele formato estranho, feito feijão verde, gigante. Os entendidos olhavam para o ar, a copa da mangueira era um mundão escuro, sem nuanças. Sobre o silêncio e naquela escuridão, uma vida inchante, prometendo. "Vai dar muita manga. Carregou. É. Carregou... Depende do vento. Depende. Temporona, é para o comecinho do mês."

Ninguém contava com o sol. Minto. Todo o mundo contava, sim, com o sol era para amarelar bem o fruto, depois que as águas o fizessem engordar. Era para dar-lhe aquele toque precioso de doçura singular no caldo. Era para tingir o amarelo da casca com pinceladas douradas, sol pintor. Veio agosto, sem vento. Nada dos comentários costumeiros de ter morrido um padre, nem de andar o diabo à solta, nem de virar o saci no rodamoinho, pois a chuva não veio. Não veio a chuva. No seu lugar, um sol de rachar, esturricante, sol de deserto, sol de Nordeste, sol de inferno. Apagava-se o olho vermelho do sol, acendia-se o olho vermelho da lua, à tardinha, prenunciando seca. Veio setembro, e não veio a chuva. Não veio a chuva em setembro. As mangas mais taludas amarelavam defuntas e no primeiro ventinho caíam. Também não veio a chuva em outubro, quando o milho da Senhora Santana estava apenas apendoando. Foi pouca a chuva em Finados. E o dia de Santa Luzia passou sem chuva.

Mas, nas mangas que sobraram de tanta calamidade, que messe! Que tamanho! Que frutos! Ai, que rica doçura, meu senhor! Dourado fruto, melado, favo e néctar, mais que mel. Mais que mel para as grandes moscas de ouro e esmeralda, de asas de névoas de cristal, a bela-horrível varejeira. Mel para as abelhas zumbidoras, de penugens douradas. Mel para a criançada que se empoleira nos galhos. Mel para as galinhas e as cabras, minha nossa!

Fruteira generosa, a mangueira. Não vê que manga para no galho, depois de madura! Qualquer vaivém da aragem mais leve, a manga chovendo, cada manga deste tamanho, que forra o chão.

Diz-se que manga faz mal com pinga. Pinguço larga de chupar manga? Diz-se que faz mal com leite. Criança larga da mamadeira? Diz-se que é fruta da fertilidade. Quem faz dessas estações-de-manga tem filho todo ano. Quem é que vai deixar de chupar manga?

O tempo é dezembro. É agora. É o tempo. Ah, tempo!

Januário

Nestes umbrais do ano que começa, um romano pagão levaria oferenda a Janus, deus das portas e das entradas, a quem janeiro foi dedicado e que tem duas faces, uma para o passado e outra para o futuro. Não teria complicações demasiadas: nem apartamentos minúsculos, nem orçamento apertado, nem rebates de consciência por ter filhos ou por não os ter, não haveria cotações de euros e dólares, nas folhas diárias, e não teria subido o preço da gasolina.

Talvez nem complexos nem recalques, e não o ameaçaria um segundo ataque de enfarte. Escolheria o ano mais gordo, a ovelha mais branca, para o sacrifício, o cacho de vidradas uvas, o veludoso pêssego. Se fosse um bárbaro cativo, de perdidas esperanças de voltar à pátria, e que já não se lembrasse dos deuses lares, mas tivesse no corpo, nos costumes, uns resquícios de cultura parcialmente esquecida, apresentaria ao deus dos começos um punhado de erva amarga, um punhal rutilante, uma tâmara muito doce. Pois que um ano se findara, e outro vinha, prenhe de novas promessas. Conjurava-se o mau fado, formulando-se bons desejos. E como se tratava de um começo, com um deus a supervisioná-lo, era a ele que se dirigiam as afirmações de honestos propósitos para o futuro. Quem sabe se planejara o alistamento nas legiões, a compra de um boi e de um arado, a aquisição de uma escrava de bons dentes e boa altura, que soubesse tão bem assar o carneiro como trazer a água da fonte e como aquecer o leito.

Que podemos desejar hoje e bons propósitos fazer? Boas entradas e melhores saídas, disseram-nos os amigos. Feliz Ano-Novo. Um chega ao fim, outro vem. Fim de quê? E começo de quê? Meu avô, no dia trinta e um de dezembro de cada ano, pagava todas as contas e atravessava o São Silvestre sem preocupação, a não ser a saúde e a vida da mulher e dos filhos. Mas esse meu avô não comprava nada à prestação, não almejava um carro novo e dormia placidamente num colchão de crina. Ia para o serviço de tamancos e cobria-se com um capote preto de muitos janeiros.

©2023, Primavera Editorial Ltda.

© Ruth Guimarães

Equipe editorial: Lu Magalhães, Larissa Caldin e Joana Atala
Pesquisa: Mariana Bastos
Edição: Joice Nunes
Preparação de texto: Sávio Alencar
Revisão: Marina Montrezol e Larissa Caldin
Projeto gráfico e diagramação: Manu Dourado
Ilustração e capa: Isabella Siqueira

Dados Internacionais de Catalogação na Publicação (CIP)
Angelica Ilacqua CRB-8/7057

Guimarães, Ruth
  Marinheira no mundo : crônicas / Ruth Guimarães.
-- São Paulo : Primavera Editorial, 2023.
  256 p.

ISBN 978-85-5578-133-9

1. Crônicas brasileiras I. Título

23-5007   CDD B869.3

Índices para catálogo sistemático:
    1. Crônicas brasileiras

PRIMAVERA
EDITORIAL

Av. Queiroz Filho, 1560 – Torre Gaivota Sl. 109
05319-000 – São Paulo – SP
Telefone: + 55 (11) 3034-3925
+ 55 (11) 99197-3552
www.primaveraeditorial.com
contato@primaveraeditorial.com

edição		setembro de 2023
impressão		plena print
papel de miolo		pólen natural 70g/m²
papel de capa		cartão supremo 250g/m²
tipografia		Perpetua; Typewriter Condensed

PRIMAVERA EDITORIAL